위고를 위하여, 에스프리를 위하여

지은이   박용주 홍순도
초판발행   2023년 4월 28일
펴낸이   배용하
책임편집   배용하
등록   제2021-000004호
펴낸곳   도서출판 비공
          www.bigong.org | 페이스북·평화책마을비공
등록한곳 충청남도 논산시 매죽헌로1176번길 8-54
대표전화 (041) 742-1424 전송 (0303) 0959-1424

분류   인문학 | 에세이 | 평론
ISBN   979-11-976109-8-1   03800

값 12,000원

위고를 위하여, 에스프리를 위하여

박용주 · 홍순도

"그 사람, 내 아버지, 내 어머니, 나, 우리는 모두 광부였다.

작업은 가혹했고 주인은 착하지 않았다.

사람들은 빵이 모자라서 석탄을 깨물고 있었다.

우리는, 그를 불쾌하게 한다고 생각하지 않고

일을 조금 줄이고 임금을 조금 낫게 줄 것을 요구했다.

그런데 그들은 무엇을 우리에게 주었는가? 총탄이다."

－ 빅토르 위고, 『황량한 세월』 1869년 중에서

신과 영혼, 책임감. 이 세 가지 사상만 있으면 충분하다. 적어도 내겐 충분했다. 그것이 진정한 종교이다. 나는 그 속에서 살아왔고 그 속에서 죽을 것이다. 진리와 광명, 정의, 양심, 그것이 바로 신이다. 가난한 사람들 앞으로 4만 프랑의 돈을 남긴다. 극빈자들의 관 만드는 재료를 사는 데 쓰이길 바란다. 내 육신의 눈은 감길 것이나 영혼의 눈은 언제까지나 열려 있을 것이다. 교회의 기도를 거부한다. 바라는 것은 영혼으로부터 나오는 단 한 사람의 기도이다

– 위고의 유언장 중에서

들어가는 말

빅토르 위고의 삶과 문학을 다룬 팩션 『빅토르 위고』 번역을 마칠 때쯤 출판사 비공 배용하 대표가 말했다. "방대한 책이군요. 애쓰셨어요. 혹시 독자들이 이 책을 읽으며 빅토르 위고에 대한 이해를 도울 만한 책을 쓸 수 있을까요?" 그래서 시작했다.

이 책은 순전히 『빅토르 위고』를 '맛있게' 읽기 위한 도움서이다. 『빅토르 위고』를 중심으로 위고의 에스프리를 정리한 것이다. 『빅토르 위고』와 본서를 함께 읽기를 권한다. 재미있고 의미 있기를, 특히 작가들의 관심을 기대한다.

함께 쓴 박용주, 홍순도는 대학 동창, 박용주가 2년 후배다. 대학 시절 우리는 프랑스 원어 연극을 함께 했다. 뜨거운 여름 내내 대사를 외우고 연습하여 가을 무대에 올렸다. 원어이어서

관객들은 이해하기 어려웠다. 그래도 그들은 팜플렛을 들여다보며 신나게 웃어 주었다. 대학 졸업 후 우리는 프랑스 어를 가르치고, 무명의 무크지 「리베르테」를 만들기도 했다.

번역은 재미도 있었고 힘도 들었다. 원서 800여 쪽, 1,000시간은 족히 걸렸다. 거장의 글을 '맛보고, 씹고, 소화하기' 쉽지만은 않았다. 두 역자와 출판사 대표는 수시로 만나 밤을 지새며 토론하며 상의해야만 했다. 프랑스사를 비롯해 적잖은 자료들도 들여다보았다. 오역을 피하기 위한 일이었지만, 우리가 빅토르 위고의 삶에 푹 빠진 이유가 더 크다.

번역을 마치고 박용주는 말했다. "형, 1982년 여름 이후 우리가 이토록 뜨거운 밤을 보낸 적이 있을까요?" 홍순도는 말했다. "없지. 힘들었어. 그래도 우리 행복했지." 박용주는 덧붙여 말했다. "형, 빅토르 위고의 고향 브장송에 한번 가야지요. 위고의 망명지 게르느제에도 들르고요. 아름답고도 칼칼한 쥘리에트 목소리가 들리지 않나요?" "물론. 아우와 함께라면."

지난 2002년, 프랑스는 빅토르 위고 탄생 200주년 기념행사를 성대하게 마련했다. 2022년 「르 몽드」 지는 「빅토르 위고, 민중의 변호자」라는 특별판을 냈다. '프랑스의 셰익스피어'로 불리는 빅토르 위고, 그의 에스프리는 200년이 넘도록 여전히 활화산이다.

배용하 대표께 진심으로 감사한다.

2023년 2월 26일, 빅토르 위고의 생일에

역자 박용주·홍순도

『빅토르 위고』

팩션『빅토르 위고』는 위고의 삶을 대부분 사실적 기록과 증언에 의해 쓴 팩션이다. 저자 막스 갈로[1]는 다음과 같이 썼다.

"빅토르 위고는 실로 위대하고 거대한 작가이다. 누구나 인정한다. 하지만 한 남자, 남편, 연인으로서의 위고를 아는가? 그리고 무엇보다도, 세 아들 양육권을 놓고 갈라진 군인 아버지와 방데 지방 출신인 어머니, 그 사이에서 자란 파란 많은 유년의 위고에 대하여.

12세, 빅토르는 시를 쓰기 시작했고, 14세, 그는 '샤토브리앙 아니면 무無'이길 원했다. 18세, 프랑스 아카데미는 벌써 그를 예찬했으며, 때 이른 그의 정치적 분노는 그의 파란을 예고했다!

---

1 Max Gallo(1932-2017). 이탈리아 출신 프랑스 작가, 역사가, 정치가, 시민운동가. 역사 소설과 전기 등 100권 이상의 저서가 있음. 사회주의 당원, 아카데미 프랑세즈 회원. 한국에는『나폴레옹』,『프랑스 혁명사』등이 번역되어 잘 알려짐.

그는 온갖 투쟁에 참여했다. 감옥과 형장을 수시로 방문하며 민중의 '비참'을 고발했다. 1851년 12월 2일, 나폴레옹이 쿠데타를 일으키자 그는 바리케이드 위에 올랐다. 죽음의 위협을 받고 그는 벨기에로, 저지섬으로, 건지섬으로 도망했다. 그리고 거기서 그의 삶은 송두리째 바뀌었다. 곁에는 아내 아델 대신, 지칠 줄 모르고 그의 원고 필사를 도운 충실한 정부 쥘리에트가 있었다.

　『빅토르 위고』는 공화국 출산을 위한 대혁명으로부터 탄생한 열광의 19세기를 속속들이 조명한 매혹적인 초상화이다.『나폴레옹』,『드골』,『프랑스 대혁명』과 함께『빅토르 위고』는 막스 갈로의 대작 중 하나이다. 해가 갈수록, 막스 갈로의『빅토르 위고』는 방대한 인용과 더불어 프랑스의 삶에 긴밀하게 융해된 시인의 내밀한 삶을 풀어내 보여준다. 본 작품은 작가 막스 갈로의 큰 족적임에 틀림없다. 그리고 시나브로 우리는 발견할 것이다. 앞으로 나아가는 한 천재의 감동적인 리듬을.「렉스프레스」지 프랑수아 뷔스넬은 말했다. "『빅토르 위고』는 위고의 삶의 이야기를 통한, 자유에 관한 위대한 소설이다."

　이 소설은 위고의 중요한 두 가지 에스프리를 담고 있다. 전반부는 성장 그리고 사랑이며, 후반부는 저항 그리고 민중이다. 그것은 작가로서의 위고, 정치가로서의 위고를 대변하는 말이다. 그의 에스프리는 때로는 리비도로, 연민으로, 때로는 분노로 분출한다. 1789년의 프랑스 대혁명 10여 년 후에 태어난 위고, 그의 삶은 19세기를 관통한다. 뜨거운 낭만주의의 거장 위고, 민중의 수호자로서의 위고의 삶 83년, 그 삶을 연대기적으로 낱낱이 풀어낸 팩션 『빅토르 위고』는 세밀하고도 유려한 소설이다. 저자 막스 갈로는 기존의 빅토르 위고 관련 저서들이 '다루기를 보류했던' 위고의 내밀한 사생활을 낱낱이 보여준다. 그리고 우리는 묻지 않을 수 없다. 『레미제라블』 같은 불후의 명작을 쓴 거장 위고에게도 '그토록 외로운 유년'이 있었던가? 게다가 넘치는 그의 '리비도'의 정체는 대체 무엇인가?

비평가들이 대양에 비교하곤 하는 위고의 방대한 희곡, 소설, 시, 그림, 그의 폭포 같은 창작의 원천은 과연 무엇인지 물어야 한다. 나아가, 보수 왕정주의자였던 그가 종교와 정치의 야만에 정면으로 항거하는 진보의 투사로 변신하고, 급기야는 20여 년 망명의 삶을 견딘 에너지는 어디서 온 것인지 또한 물어야 한다. 정의와 불의가 혼재된 이 시대에 '뜨뜻미지근한 삶'을 원치 않는 '당신'이라면 말이다.

빅토르 위고, 그의 에너지의 원천, 어떤 이는 그것을 '리비도'라 하고 어떤 이는 '자유'라 했다. 또 어떤 이는 '고독'이라 했으며 어떤 이는 하느님에 대한 절대 믿음이라 했다. 이 '완벽을 추구한 불완전한 작가', 19세기 낭만주의 대표 작가 빅토르 위고를 파헤친 막스 갈로의 소설 『빅토르 위고』를 먼저 읽어야 할 이유가 있다. 읽는 이가 불편할 만한 위고의 리비도와 내밀한 삶, 광적인 글쓰기, 그리고 저항의 정치, 이 모든 것을 적나라하게 다룬 작품을. 그런 다음에야 비로소 『레미제라블』, 『노트르담 드 파리』, 『관조』 같은 그의 명작들의 향기가 더욱 진하게 다가오리라.

위고의 삶과 작품

연보

빅토르 위고는 브르타뉴와 로렌느의 피를 함께 받고, 1802년 브장송에서 아버지 레오폴 위고와 어머니 소피 트레뷔셰 사이에서 태어났다. 부모 사이는 일찍이 애정이 없었으나, 어린 위고는 제정 시대 나폴레옹 휘하의 장군인 아버지를 따라 다니며 이탈리아와 스페인의 햇볕 밝은 풍광에 대한 눈부신 추억을 오롯이 간직했다. 그의 나이 10세[1812년], 어머니 소피는 라오리라는 군인과 불륜관계를 맺었다. 그리고 얼마 후 라오리는 역모의 이유로 처형된다. 결국 부모의 별거가 시작되었다. 어머니를 따라 파리로 돌아온 그는 레 푀이앙틴느 거리 깊숙한 공원 옆 고요한 집에서 살았다. 아버지는 그를 군인으로 키우고 싶었으나 그의 관심은 이미 문학으로 기울었다. 기숙학교에 다닌 그는 이른 나이에 책에 심취되었고, 시를 쓰고 논문도 썼다.

14세, "샤토브리앙이 아니면 아무것도 되지 않겠다"고 다짐할 정도로 어린 위고는 사제, 정치인, 그리고 문인이었던 샤토브리앙에 푹 빠졌으며, 처녀 작품 『이르타멘느』를 썼다. 17세, 아카데미 프랑세즈 문학경시대회 시 부문에 입상했다. 그해 위고는 형 아벨과 함께 문학지 「문학 수호자」를 창간하고 파리 문단을 두드렸다. 낭만주의의 기수로 가는 길이었다. 동네 친구 아델 푸셰에게 사랑을 고백한 해이기도 하다. 20세[1822년], 그녀와 결혼했다.

21세, 맏이 레오폴이 태어났으나 수개월 후 사망했다. 그해 「라 뮈즈 프랑세즈」 지를 창간했다. 22세, 노디에의 집에서 문학 서클 '아르스날'에 참여했다. 25세, 그는 낭만주의의 선언인 『크롬웰』의 서문을 쓰면서 낭만주의의 기수로 발돋움한다. 그는 아르스날 도서관을 중심으로 문학 공동체 '세나클'을 조직하고 낭만주의에 불을 지폈다. 그는 고전주의의 삼일치 법칙 가운데 시간과 장소의 일치를 '구차한 구속'으로 단죄했다. 26세, 아버지가 사망하고 아들 프랑수아 빅토르가 태어났다. 27세, 고전주의를 뒤엎는 희극 『에르나니』를 썼으며, 그해 아내 아델은 생트-뵈브와 불륜에 빠진다. 28세[1830년], 그는 작심하고 연극 『에르나니 Hernani』 상연을 통해 고전주의 극장을 뒤집어 놓았다.

그해 7월 혁명이 발발하고, 둘째 딸 아델이 태어났다. 29세, 『노트르담 드 파리노트르담의곱추』와 『가을 나뭇잎』을 출간했다.

30세1832년, 정치 풍자 희곡 『왕은 즐긴다』를 상연했으나 바로 이튿날 상연은 금지되었다. 31세, 아내 아델이 생트-뵈브와 비밀스러운 사랑을 이어갈 때, 위고 또한 함께 활동하던 연극배우 쥘리에트 드루아와 새로운 사랑을 시작했다. 33세, 시집 『황혼의 노래』를 출간했다. 34세, 아카데미 프랑세즈 회원에 두 차례 낙선. 35세, 문학 동료였던 친형 으젠느가 죽었다. 시집 『내면의 목소리』를 출간하고 낭만주의의 대표 시 중 하나인 「올랭피오의 슬픔」을 썼다. 37세, 아카데미 프랑세즈 회원에 세 번째 낙선. 38세, 아카데미 프랑세즈 회원에 네 번째 낙선. 『빛과 그림자』와 『황제의 귀환』을 출간했다. 39세, 아카데미 프랑세즈 회원에 다섯 번 도전하여 마침내 당선되어 입회 연설을 했다.

41세1843년, 딸 레오폴딘느와 사위 바크리가 결혼식을 올렸으나 둘다 센느 강에서 익사했다. 이 슬픔으로 위고는 10년간 글 쓰기를 멈추었으며, 이후 그는 정치에 눈을 돌린다. 46세1848년, 2월 혁명이 발발했으며, 위고는 파리 지구 혁명위원에 임명되고 공화주의자가 되었다. 그 해 두 아들과 함께 민중 잡지 「레벤느망」지를 창간했다. 47세, 입법의회 의원이 되어 '빈곤에 대한 연설'로 물의를 일으킨 후 온건파와 결별했다. 48세,「레벤느망」이 발행 금지되자, 그는「민중의 출현」이란 이름으로 재발행한다. 49세, 노동자들의 빈민가 릴르를 방문했다. 그해 아들 샤를르와 프랑수아 빅토르가 출판물 위반죄 등으로 감옥에 수감된다. 그리고 위고는 나폴레옹 3세의 쿠데타에 대한 민중 저항운동을 벌이다 국외 추방령을 받고 벨기에 브뤼셀로 탈출한다.

50세 1852년,『꼬마 나폴레옹』을 비밀리에 출간했다. 51세, 나폴레옹 3세를 맹공격하며 『징벌』을 비밀리에 발행했다. 53세, 큰형 아벨이 죽었으며 그는 제르제 영국 저지섬에서 추방되어 게르느제 영국 건지 섬로 갔다. 54세, 시집『관조』출간했다. 56세, 악성 종양으로 집필을 접고 고독에 빠졌다. 57세, 나폴레옹 3세의 사면 귀국령이 떨어졌으나 그는 귀국을 거부했다. 58세,『레미제라블』 집필을 다시 시작했다. 59세,『여러 세기의 전설』 출간했으며, 벨기에를 여행했다.

60세 1862년, 파리와 브뤼셀에서 『레미제라블 10권』을 출간했다. 62세, 셰익스피어 탄생 300주년 기념 에세이『윌리엄 셰익스피어』출간했다. 그해, 아들 프랑수아 빅토르는『셰익스피어 전집

^{15권}』번역을 마쳤다. 63세, 아들 프랑수아 빅토르의 약혼녀가 죽고 또 한 아들 샤를르는 결혼했다. 그 해 시집 『거리와 숲의 노래』를 출간했다. 64세, 소설 『바다의 노동자들』을 출간했다. 65세, 『에르나니』 파리 재공연이 호평을 받았으며 아내 아델은 병세가 악화되었다. 66세, 아내가 브뤼셀에서 죽었다. 67세, 소설 『웃는 남자』를 완성했으며 두 아들은 「르 라펠」 지를 창간했다. 그해 위고는 로잔느 평화회의 총재가 되었으며, 손녀 잔느가 태어났다. 68세, 공화국의 안정을 확인하고는 마침내 19년 망명 생활을 끝내고 파리로 귀환했다. 「독일인에게 고함」, 「프랑스 인에게 고함」, 「파리 시민에게 고함」, 그리고 『징벌』 완본을 출간했다. 69세, 국민회의 파리 의원에 당선되었으며, 그해 아들 샤를르가 보르도에서 갑자기 죽었다. 그리고 파리 코뮌의 난으로 브뤼셀로 피신했다. 또한 파리 코뮌 추방자를 숨겨주었다가 곤욕을 겪었다.

  70세^{1872년}, 딸 아델이 정신병원에 입원했으며, 『무시무시한 해』를 출간했다. 쥘리에트와 함께 게르느제 섬으로 떠났다가 이듬해 파리로 돌아왔다. 그해, 아들 프랑수아 빅토르가 죽었다. 72세, 『93년^{3권}』과 『내 아들들』을 출간했다. 73세, 『행동과 말』 1,2권을 출간했다. 74세, 상원 의원에 당선되었으며, 『행동과 말』 3

권을 출간했다. 75세, 『여러 세기의 전설 2부』, 『할아버지 노릇하는 법』, 풍자물 『어느 범죄 이야기 1부』를 출간했다. 76세, 『어느 범죄 이야기 2부』와 『교황』을 출간했다. 그해, 가벼운 심장마비를 일으켰으며, 게르느제 섬으로 떠났다가 연말에 파리로 돌아왔다. 볼테르 서거 100주년 기념 연설을 하기도 했다. 77세, 시집 『지상의 연민』 출간했다. 그해, 빌키에의 아내 아델의 묘지에 처음으로 갔다. 78세, 『종교들과 종교』를 출간했다. 79세, 파리 시민들이 위고 80회 생일 축하 행렬을 벌였다. 시집 『정신의 4가지 바람』을 출간했다. 그 해 빅토르 위고 거리가 생겼다. 그리고 그는 자신의 모든 원고를 파리 국립도서관에 기증한다는 유언장을 썼다.

80세1882년, 희곡 『토르크마다』를 출간했으며, 상원의원에 재선출되었다. 81세, 그의 평생의 쥘리에트 드루에가 죽었다. 그리고 시집 『여러 세기의 전설 3부』를 출간했다. 82세, 손녀들과 스위스를 여행했다. 83세1885년, 그는 마침내 패울혈로 눈을 감았으며, 200만 추도객이 운집한 가운데 국장이 치러졌다. 유언에 따라 그는 가난한 민중의 영구차에 실려 팡테옹에 묻혔다. 지난 2002년, 프랑스는 빅토르 위고 탄생 200주년 기념행사를 성대하게 열었다.

위대성

19세기의 인물 빅토르 위고에 대한 현대 프랑스인들의 관심은 식을 줄 모른다. 다음 몇 가지로 그의 '불멸의 위대성'을 주목한다.

'독보적인' 작가였다.

그는 시, 소설, 희곡 등 장르를 초월하여 50여 권의 작품을 썼다. 그리고 작품 대부분이 거작으로 평가된다. 이는 프랑스 문학사뿐 아니라 세계문학사에서 드문 일이다. 발자크는 소설, 보들레르는 시, 몰리에르는 희곡에서 그 위대성을 지닌다. 하지만 위고는 동시에 이 모두이다.

천재적 소설가였다.

대표작 『레미제라블』은 역사·철학·사회소설로서, 19세기 프랑스와 파리의 가난한 사람들의 삶을 통해 사랑과 정의, 선과 악, 기쁨과 슬픔을 강렬하게 제공한다. 『노트르담 드 파리』역시 유사한 위대성을 지닌다. 지난 2019년 4월 15일, 노트르담 대성당의 대형 화재 당시 프랑스 국민 모두가 그토록 슬퍼한 일은, 성당의 아름다움과 웅장함과 신비를 치밀하게 묘사한 위고의 소설과 무관하지 않다. 마치 대한민국 숭례문이 불타던 날 온 국민이 분노하고 가슴 아파했듯이. 노트르담은 프랑스인들의 '솟구치는 정신의 불꽃, 에스프리'였던 것이다.

진정한 시인이었다.

그는 스무 살 때의 처녀 시로부터, 평생 멈춤 없이 시를 쓴 열혈 시인이다. 그의 싯구는 모두 153,837행에 이른다. 매일 밥을 먹듯이 쓴 셈이다. 이는 그의 상상력의 분출을 입증한다. 그리고 인간의 영혼을 울리는 사랑, 열정, 고통, 죽음 등 보편적 주제를 담고 있다. 열아홉 살에 세상을 떠난 딸 레오폴딘느를 생각하며 쓴 『관조』는 프랑스의 가장 탁월한 시집 중 하나로 평가되어왔다. 슬프고도 아름다운.

정열적인 극작가였다.

그는 위대한 '극장의 남자'였다. 그는 셰익스피어에게 헌정하는 에세이를 쓰고, 그에게서 많은 영감을 얻었다. 특별히 그는 희극의 고전을 깼다. "극장은 오직 민주적이어야 한다. 극작가의 임무는 모든 이에게 열린 말을 해야 한다. 그리고 관객을 가르쳐야 한다. 또한 사상 논쟁에 적극적으로 참여해야 한다." 그는 '프랑스의 셰익스피어'이기를 자처했다.

앙가주망의 지식인이었다.

그는 이상주의자였다. 권력을 향해서는 비판을 망설이지 않았으며, 당대의 온갖 사회적 논쟁에 적극적으로 참여했다. 1851년 나폴레옹 1세의 조카 루이-나폴레옹 보나파르트가 쿠데타를 일으키자 그는 맞짱을 떴다. 그리고 망명을 떠났다. 거기서 황제 나폴레옹에 저항하는 글들을 썼다. 정의와 진보라는 그의 이상을 수호하는 데 피땀을 흘렸다. 그의 사상은 다음과 같은 그의 발언이 말해준다.

정권에 대하여
"이 정권에 저항한다. 한 마디로 깡패 정권이다. 온 천지 경찰인데 정의는 눈을 씻고 보아도 없다."

사형에 대하여
"피는 피로써가 아니라 눈물로 씻는 것이거늘."

교육의 중요성에 대하여
"한 아이를 잘 가르친다는 것은 한 인간의 승리를 얻는 일이다.

국가프랑스의 '기념비'이다.

프랑스 인들은 위고를 프랑스의 문화, 언어, 천재성을 가장 잘 구현한 인물, 프랑스 역사에 한 획을 그은 인물로 평가한다. 2015년 「리터러리 메거진」은 세계적으로도 위고는 가장 유명한 프랑스의 인물 중 하나로 인식하고 있다고 통계 분석을 밝혔다. 1885년 그의 장례식 조문객 300만 명이 그 입증 중 하나라 했다.

시대의 '휴머니스트'였다.

그는 19세기의 인물이지만 그의 사고와 앙가주망이야말로 매우 '모던하다'고 했다. 평화의 수호자였던 그는 유럽을 분열시킨 피비린내 나는 전쟁 종식과 아울러 유럽연합 헌법을 강력히 외쳤다. 그는 민족 간의 박애, 인종차별 금지와 노예제 폐지를 위해 앞장을 섰다. "지상에는 에스프리영혼만이 존재한다. 남자가 어디 있고 여자가 어디 있나? 백인이 어디 있고 흑인이 어디 있는가? 부자가 어디 있고 가난뱅이가 어디 있단 말인가?"

프랑스어의 천재였다.

소설가, 시인, 극작가였던 그는 언어를 능수능란하게 다루었다. 오늘날도 그의 텍스트는 세계 프랑스어 교육에 적극적으로 활용되고 있다. 그는 프랑스어의 영향력과 명성에 크게 공헌했다. 『레미제라블』을 비롯한 그의 대작들은 모두가 어휘의 풍부함, 구문의 정확성, 문체의 미학을 드높였다. 그에게는 언어 철학이 있었다. '언어는 고정된 것이 아니다. 정신처럼 끊임없이 진화한다.'고 믿었다. 그는 프랑스어에 대한 자기 영향력을 이같이 말했다. "나는 낡은 사전에다 빨간 모자를 씌웠다."

프랑스 인들의 영감의 원천이 되어왔다.

위고는 오랫동안 많은 시네마, 텔레비전 프로그램, 연극, 샹송에 원천을 제공해왔다. 그는 아티스트들과 프로듀서들에게 끊임없는 영감을 불어넣어 주었다. 책을 좋아하지 않는 이들은 영화관 혹은 극장에서 어렵지 않게 그를 만난다. 소설 『레미제라블』은 텔레비전과 영화로 50회 이상 다양하게 각색되어 방영되었다. 전 세계 가장 유명한 3대 장수 디지털 작품으로 1980년 이래 전 세계 수십 국에서 상영된 애니메이션 『월트 디즈니』와 『노트르담 드 파리』, 그리고 뮤지컬 『레미제라블』을 손꼽는다.

가장 접근하기 쉬운 프랑스 작가이다.

물론, 프랑스어로 빅토르 위고를 읽는 것은 아니다. 가령, 『레미제라블』은 수많은 철학적 여담을 포함하고 있는 원문 1,500쪽의 방대한 소설이다. 프랑스 인들조차 '위고의 소설을 읽는 일은 도전이라 말한다. 다행히, 한국에는 동서문화사 판본송면 옮김과 민음사 판본정기수 옮김과 같은 유려한 번역본으로 즐겁게 읽을 수 있다. 시대를 넘어, 생각과 행동의 진보를 원한다면 지금 만나시오. 미리엘을, 장 발장을, 그리고 가브로쉬를. 빅토르 위고가 안내할 것이오!

작품

『이르타멘느 *Irtamenè*』 희곡, *1816*

『뷔그-자르갈 *Bug-Jargal*』 소설, *1820*

『아미 롭사르트 *Amy Robsart*』 희곡, *1822*

『오드와 다양한 시들 *Odes et poésie diverses*』 서정시, *1822*

『아이슬란드의 한 *Han d'Ialande*』 소설, *1823*

『새 오드 *Nouvelles Odes*』 서정시, *1824*

『오드와 발라드 *Odes et Ballades*』 서정시, *1826*

『크롬웰 *Cromwell*』 희곡, *1827*

『동방 *Les Orientales*』 서정시, *1829*

『사형수 최후의 날 *Le Dernier Jour d'un condamné*』 소설, *1829*

『마리옹 들 로름 *Marion de Lorme*』 희곡, *1829*

『에르나니 *Hernani*』 희곡, *1829*

『가을 나뭇잎 *Les Feuilles d'automne*』 서정시, *1831*

『노트르담 드 파리 *Notre-Dame de Paris*』 소설, *1831*

『왕은 즐긴다 *Le Roi s'amuse*』 희곡, *1832*

『마리 튀도르 *Marie Tudor*』 희곡, *1833*

『클로드 괴 *Claude Gueux*』 소설, *1834*

『미라보에 관한 연구 *Sur Mirabeau*』 소설, *1834*

『황혼의 노래 *Les Chants du crépuscule*』 서정시, *1835*

『내면의 목소리들 *Les Voix intérieurs*』 서정시, *1837*

『뤼블라스 *Ruy Blas*』 희곡, *1838*

『빛과 그림자 *Les Rayons et les Ombres*』 서정시, *1840*

『황제의 귀환 *Le Retour de l'Empereur*』 서사시, *1840*

『꼬마 나폴레옹 *Napléon-le-Petit*』 풍자시, *1852*

『징벌 *Les Châtiments*』 풍자시, *1853*

『사탄의 종말 *La Fin de Satan*』미완성 서사시, *1853*

『관조 *Les Contemplations*』서정시, *1856*

『여러 세기의 전설 *La légende des siècles*』서사시, *1859*

『레미제라블 *Les Misérables*』소설, *1862*

『윌리엄 셰익스피어 *William Shakespeare*』에세이, *1864*

『거리와 숲의 노래 *Les Chansons de rues et des bois*』서정시, *1865*

『바다의 일꾼들 *Les travailleurs de la mer*』소설, *1866*

『천 프랑의 보상금 *Milles francs de récompense*』희곡, *1866*

『게르느제의 목소리 *La Voix de Guernesey*』서사시, *1867*

『웃는 남자 *L'homme qui rit*』소설, *1869*

『무시무시한 해 *L'Année terrible*』서사시, *1872*

『93년 *Quatre-vingt-treize*』소설, *1874*

『내 아들들 *Mes fils*』소설, *1874*

『행동과 말 *Actes et Paroles*』정치론, *1875*

『성주들 *Les Burgraves*』희곡, *1849*

『게르니제의 목소리 *La Voix de Guernesey*』서사시, *1867*

『할아버지 노릇 하는 법 *L'Art d'être grand-père*』서정시, *1877*

『어느 범죄 이야기 *L'histoire d'un crime*』풍자 소설, *1877*

『교황 *Le Pape*』시, *1878*

『지상의 연민』시, *1878*

『종교들과 종교 *Religions et Religion*』*1880*

『당나귀 *L'Ane*』서정시, *1880*

『정신의 4가지 바람 *Les quatre vents de l'esprit*』서정시, *1881*

『토르크마다 *Torquemada*』희곡, *1882*

위고의 에스프리

세나클과 낭만주의

세나클Cénacle은 1823년부터 1828년까지 지속된 문학 살롱이다. 이는 1823년의 「라 뮤즈 프랑세즈」와 1824년과 1825년의 「살롱 드 라르스날」을 이어받은 낭만주의 운동이다. 살롱이며, 출판물의 편집실이고, 도서관의 뒷방이었다. 예술가와 저널리스트들, 그들의 아내와 애인, 시의 여신들의 '작지만, 힘 있는 모임'이었다. 또한 그것은 잡지이며 크고 작은 정기간행물의 이름이기도 했다. 세나클에서 온갖 문학적 토론, 특히 보수파와 자유파 간 논쟁이 메아리쳤다.

1820년, 18세였던 빅토르 위고는 두 형 아벨과 으젠느와 함께, 친구 에밀 데샹의 지지를 받아 최초의 세나클을 창립했다. 그 이름은 「르 콩세르바퇴르문학 수호자」라는 잡지 이름이 붙었다. 1823년 「라 뮤즈 프랑세즈프랑스 시의 여신」 지에 모인 '부대'는 낭만주의의 최초 대 집결이었다. 빅토르 위고와 데샹이 이 모임의 추진자였다. 그들의 이데올로기는 본질적으로, 여전히 기독교적이며 왕정주의적 가치의 존중에 있었다. 하지만 그들의 문학적 주장은 분명히 달랐다. 즉, 이들은 고전주의의 협소함과 엄격함을 반대했다. 다만, 지나친 창의성이나 전통의 경멸은 경계했다. 진정한 자유파는 1824년에 조직된다. 그중 하나인 폴 뒤부아가 새로운 일간지 「르 글로브 Le Glove」를 창간한다. 이는 「라 뮤즈 프랑세즈」처럼 기라성같은 작가들을 동원했다. 보다 급진적이고 보다 극단적, 심미적 혁명을 예찬했다. 시인 라마르틴느, 네르발, 고티에, 소설가 뒤마와 발자크, 화가 들라크루아, 조각가 다비드 당제 등이 있었다.

세상을 바꾸어 온 것은 순응보다는 저항이었으리라. 문학을 앙양시켜온 것도 바로 과거에 대한 강렬한 비판의식이었으니, 고전주의가 깊게 뿌리내린 프랑스 문학판을 뒤집어 놓은 것이 바로 진보적 낭만주의였다.

"젊은 작가라면 자신의 감정으로부터 재능을 이끌어내야 한다. 열정과 활력을 담은 시를 써야 한다. 이성이 지배하는 차가운 시를 감성적인 시로 대체해야 한다." 젊은 시인 수메Alexandre Soumet, 1788-1845는 이렇게 선언했다. 고전주의에 물든 시인들은

당혹스러웠다. 패기 있는 젊은 시인 노디에Charles Nodier, 1780-1844
는 행동으로 보여주었다. 문학 살롱을 온통 들썩거리도록 만들
었다. 밤낮으로 함께 책을 읽고 열띤 토론도 했다. 망설임 없이
「멜로 드라마」를 들이댔다. 필립 방티겜에 따르면, 프랑스 낭만
주의는 영국의 바이런George Byron, 1788-1824의 영향을 받은 것이 분
명하다. 게다가 일간지들에 이런 생각과 비전을 실었다.

　프랑스 낭만주의의 불에 기름을 들이부은 이가 바로 빅토르
위고이다. 좌파와 우파, 자유주의자, 왕당파, 무소속 등 다양한
문학, 정치적 주장과 사상은 위고를 중심으로 뭉치기 시작했다.
세나클은 진정한 낭만주의 학교였다. 1826년 11월, 위고는 『오드
와 발라드』의 서문을 발표하면서, 예술의 자유, 혁신의 생트-뵈
브Sainte-Beuve와 빅토르 위고의 우정이 세나클의 단단한 기초를
다지게 된다. 그러면서 또한 두 사람 사이에는 의외의 사건이
일어난다. 당시 탁월한 문학 비평가였던 생트-뵈브는 위고의
집에 함께 머물렀다. 그러다가 어느 날 위고의 아내 아델과 눈
이 맞는다. 그 뒤 위고는 이 때문에 온갖 마음의 상처를 받는다.
급기야 위고는 아델과 남남처럼 살며 쥘리에트와 해로를 같이
했으니… "위고는 열정과 비전, 그리고 고결하고 독립적이며,
영감이 넘치고, 이미지를 번뜩이게 하고 조화를 화려하게 하는

불같은 문체를 갖고 있다."고 예찬했던 생트-뵈브의 이중적 행동이 위고의 삶에, 사랑에 격변을 준 것은 사실이리라.

낭만주의는 예술이자 철학이고, 정치이자 문화이고, 사회이자 삶이다. 그것은 예전과 차별화된 새로움이며, 현대까지도 이어지는 진정한 모던이다. 새로움에 대한 갈망이자 충동, 거기에 자신을 던지고자 하는 욕망이라는 점에서이다. 결코 끝날 수 없는 현재 진행형 운동이었다. 1827년, 빅토르 위고는 소설 「크롬웰 Cromwell」의 서문을 썼다. '지금, 여기, 낭만주의, 그 문학이 도래하다'라는 제목이었다.

거기서 그가 파헤쳐 분쇄하고자 한 고전주의 문학의 실체는 무엇일까? 바로 규범과 규칙, 강요와 준수, 회고적이며 질서 있는 절제적, 통제적 태도이다. 이는 제한된 존재일 뿐인 인간, 성악설의 이원론적 기독교관 만이 균형과 절제, 조화를 가져온다는 믿음에서였다. 문학은 자연의 모방, 당위적 진실이며 문학에서의 인물은 사회가 요구하는 행동규범, 상류층의 예의 표현이었다. 진실과 이해에 대한 태도는 당연히 쾌락보다는 교훈이었다. 감정의 '방종'은 용인되지 않았다.

위고는 말했다. "시는 특히 내면적이며 개인적인 것이 되리

라. 영혼의 가장 신비한 인상들을 알리는 깊고 현실적이며 진솔한 메아리가 되리라. 시는 인간 그 자체이지, 더 이상 인간의 이미지는 되지 않으리라. 진솔하고 전체적인 인간이 되리라. 그리고 시에 의해 시인이 모든 사물의 내면성에 접근하게 되는 것도 여기서 재발견된 존재의 내면성 속에서이다. 시란 만물 속에 있는 모든 내면적인 것이다." 또한 그는 말했다. "시는 사상을 나타내는 형식 속에 있는 것이 아니라, 사상 그 자체 속에 있다." "우주 전체를 영혼의 감동의 한 상징으로 능히 통찰할 수 있어야 한다." 시의 마술적이고 상징적인 힘에 대한 이러한 직관은, 비니건, 위고건, 또는 네르발이건 간에, 낭만주의자들 모두에게 있었다. 시가 예언적이고 주술적이며 기적적인 힘을 지닌다고 믿었던 최초의 사람들이었다.

그렇다. 위고는 '지금, 여기'의 로망티시트였다. 감성 우월주의와 창조적 자아, 상상력의 보디가드, 천재 예찬, 역사관과 정의로운 신앙관, 민족과 민중에 대한 열혈적 애정, 낭만적 아이러니… 바로 이런 문학적 사고를 선언했다. 그러면서도 그는 불완전한 현실보다는 '검증된' 역사의 시공에서, 그리고 내면으로부터의 따뜻하고 강렬한 사랑을 내세웠다. 25세 젊은 나이의 선언을 "시나이산 위의 십계명 돌판처럼 찬란히 빛났다."라고 고티에는 격찬했다. 당시로서는 생각하기 어려운 행동, 고전주의 규범인 삼일치의 법칙을 산산이 부수어 버린 빅토르 위고에 대한 예찬이었다.

『크롬웰』 출간 이후 위고는 우에서 좌로 분명하게 이동한다. 자유주의자들이 대거 세나클에 들어오는 시기였다. 노트르-담 데 샹 로에는, 비니, 생트-뵈브, 에밀 데샹이 들어오고, 종종 라마르틴느, 구팅게, 생발리, 레세기에와 같은 뮤즈의 동지들, 옛 친구 수메와 귀로, 들라크루아, 블랑제, 드베라, 다비드 당제 같은 예술가들, 발자크, 소년 알프레드 뮈세, 뒤마, 메리메, 퐁타니, 튀르케티, 포티에 드 상세, 알시드 드 보쉰느, 폴 위에, 빅토르 파비, 폴 푸세, 제라르 드 네르발 등이었다. 시의 이상을 위해 싸울 준비가 된 열정의 '군단'이 모두 모여들었다. 세나클은 단순한 문학 공동체가 아니었다. 프랑스 사회 진보에 불을 붙인 집단지성이었다. 학교를 세우고, 지도자를 기르며 '낭만의 힘'을 발휘해갔다.

위고 같은 낭만주의자들이 전격적인 전혀 새로운 문학 기법을 일구었다고 단정하기는 어렵다. 다만 세기병적 감수성, 이국 취향, 이상주의, 자연과의 합일, 영웅주의 같은 테마의 도입은 그 자체 새로움이라기보다는, 고전주의 문학의 획일성을 '엎어버리고', 나아가 뒤에 이어진 상징주의의 빗장을 열었다는 데 역사적 가치와 의미가 크다.[2]

---

2 낭만주의에 대한 노발리스(Novalis, 1772-1801, 독일의 천재 시인, 시론가)의 초기 정의는 이렇다. "낭만주의는 '사랑'이다. 사랑만이 삶을 변화시킨다. 나아가 세계를 변화시킬 수 있는 유일한 힘인 사랑이 바로 낭만주의이다. 또한 낭만주의는 상상력의 영역이며, 이 상상력의 힘은 자유로운 정신의 발현에 있으며, 이 정신을 발현시키는 힘은 역시 사랑이다."

후에 노발리스는 이렇게 발전된 정의를 내린다. "낭만주의는 진보적인 보편시이다. 낭만시가 의도하고 또한 의무로 삼고 있는 것은 시와 산문, 독창성과 비평, 예술시와 자연시를 때로는 혼합하고 때로는 융합하여 시를 생기있고 친근하게 만들어 삶과 사회를 시적으로 만들고, 재치를 시화하고 예술의 여러 형식을 여러 가지 내용이 풍부한 형성 소재로 충일 포화시키고 또한 유머를 불어넣음으로써 활기를 부여하는 일이다."

그리고 유럽의 낭만주의자들은 개인적, 개별적 존재를 인간의 미완 상태로 본다. 사랑과 우정을 외치는 이유이다. 또한, 낭만주의에서 말하는 예술이란 전 인류의 정신을 담보하는 창조성, 즉 전 인류로서의 한 인간 정신의 창조성을 강조한다. 모르긴 해도, 빅토르 위고는 이런 낭만주의 철학에 몰입하지 않았을까 싶다. 특히 위고는 혁명 정신에 기초한 낭만주의자이었으리라. 낭만주의자들 대부분이 문학과 예술을 통한 미적 혁명에 그쳤지만, 위고는 앙가주망에 뛰어들기를 망설이지 않았다. 덧붙인다면, 밤과 죽음에 대한 동경이 낭만주의에서 빠지지 않는다는 것은 흥미로운 일이다. 노발리스는 말했다. "삶은 죽음의 시초이다. 삶은 죽음을 위한 것이고, 죽음은 종말인 동시에 시초이다." 이는 위고와 같은 철학으로 여겨진다. 아이러니하게도, 노발리스는 29세로 요절했고, 빅토르 위고는 83세까지 장수했다. (김진수, 2014를 참고함.)

에르나니 Ernani

오! 가련한 그대, 달아나라! – 그대는 나를 그렇게 보는구나
여느 남자들과 똑같은 남자
지적인 존재, 꿈꾸던 목표를 향해 달려가는 자
깨어나라. 나는 앞으로 나아가는 힘이니!

연극 무대가 올라갔다. 돈 카를로스는 관대하다. 그러나 에르나니는 돈 뤼 고메즈에게, "만일 당신이 요구한다면 내 삶을 포기 하겠소". 에르나니는 순종한다. 운명은 그렇게 흘러가고, 주인공을 따라간다. 그는 죽음을 맞이한다. 반전, 남자들이 그에게 행복할 권리를 준다. 에르나니는 자신이 낙인찍힌 것을 알고 도냐 솔에게 이른다.

위고는 연극 대사마다, 마치 자신의 현실감 있는 삶처럼 토로하는 감정을 이입했다.

어두운 신비에 관한 눈멀고 귀먹은 선동자!
어둠이 빚어낸 불행의 영혼!
나는 어디로 가는가? 모른다. 다만 느끼노니
나의 등을 떠미는 격렬한 숨결, 미친 운명.

장면은 관객들을 끝없는 몽상으로 끌어들인다. 주인공 에르나니, 라이벌 동 뤼 고메즈, 그리고 아리따운 도냐 솔 부인. 둘다 그녀를 사랑하고, 카를르 5세 즉위를 앞둔 스페인 왕 돈 카를로스 역시 그녀를 사랑하여 구애한다. 동지이지만 정파가 달랐다. 마침내 두 라이벌은 왕의 암살을 꾀한다.

말도 많고 탈도 많았던 『에르나니』는 위고의 연극 대본이다. 그리고 '에르나니 전투'라 불리는 무대 위 난투의 범인은 바로 위고였다. 그는 『에르나니』 공연 3년 전인 1827년, 이미 들라크루아, 메리메, 뮈세, 생트-뵈브, 비니, 라마르틴느와 함께 낭만주의의 '두목'을 자처했다. 위고는 고전 연극 이론에, 시학에, 형식에 대못을 박기로 결단했다. 진정한 예술의 낯을 보여주리라는 야심으로 신 문학선언 「크롬웰의 서문」을 내놓는다. "고전주의의 규칙을 해체한다. 삼일치를 버린다. 행위와 장소의 단일성을 부순다. 기괴함과 숭고함의 조합을 내세운다." 『에르나니』, 그것은 문학적 논쟁에 불을 싸지른 사건이었다. 당시로서는 그야말로 전투였다. 온갖 고전주의 형식을 일순간 파괴하기로 작심을 했으니. 혁명이란 늘 일순간의 일. 19세기 낭만주의, 한 문학사조는 이렇게 태어났다. 생각해보라. 코르네이유 같은 프랑스 고전주의의 거장들, 아니 음악이나 미술까지 생각해보면 '품격 있는' 고전주의에 맞장을 뜨는 위고의 행동이 얼마나 무모했을지.

"나의 작품을 여러분 손에, 오직 여러분 손에 맡기오. 『에르나니』에서 시작될 투쟁은 이념의 투쟁, 진보의 투쟁이오. 그것은 우리들 모두의 투쟁이니. 우리는 저 톱니 모양을 한, 빗장을 굳게 지른 낡은 문학에 맞서 싸울 것이오. 저 케케묵은 벽 위에 꽂힌 낡은 고전의 깃발을 내려 찢어 버립시다. 온갖 요란한 장식들을 남김없이 패대기칩시다. 지금 여기는 낡은 세상과 새로운 세상이 맞장 뜨는 무대이오. 이제 우리는 모두 낯선 세상에 속한 사람들이오."

빅토르 위고의 '문학 혁명'은 그렇게 시작되었다. 『에르나니』, 1830년 2월 25일 프랑스 국립극장 라 코메디 프랑세즈가 발칵 뒤집혔다. 저항의 상징인 붉은 조끼 차림의 젊은 로망티스트들은 고전주의자들을 향해 양배추를 던져댔다. 임시 화장실로 변한 3층 칸막이 좌석에서 피어오르는 오줌 냄새에 몇몇 귀부인들은 기절했다. 막이 오르기도 전에 극장은 아수라였다. 결투가 벌어졌다. 한 열성 지지자가 죽고, 권총 한 발이 빅토르 위고의 작업실 유리창을 뚫었다.

그들은 공연을 강행했다. 한동안 고전주의자들의 반격이 있었으나 '우아한 가발을 쓴 늙다리' 고전주의자들과 '젊은 프랑스' 간의 전투, 상황은 끝났다. 훗날 고티에는 회상했다. "저들, 오직 과거의 틀에 박힌 관례를 고집하는 망령들, 후들거리는 늙은이들이 허약한 심장으로, 미래로 통하는 문을 닫기 위해 기를 쓰는, 예술과 이상, 자유와 시의 적들을 우리는 똑바로 응시했다."

'에르나니 전투'의 반향은 엄청났다. 『에르나니』는 낭만주의의 승리를 가져왔다. 코메디 프랑세즈 극장도 전에 없는 흥행을 시작했다. 위고는 영광에 휩싸였다. 극장에 무려 2만 379프랑의 수입을 안겨주었다. 빅토르 위고는 무대 뒤에서 불룩한 배를 내민 키 작은 남자를 발견했다. 남자가 말했다. "위고 선생, 제 이름은 맘이오. 보두앵씨와 함께 일하고 있소. 보두앵 씨는 지금 극장 안에 있어요. 저는 『에르나니』를 사고 싶어 왔소. 1막이 끝나면 2천 프랑을 드릴 생각이오. 3막이 끝나자마자 4천 프랑, 독백이 끝나면 현금 6천 프랑을 드리지요. 여기 호주머니에 현금다발이 있소." 위고는 말했다. "공연이 끝날 때까지는 기다리시오. 보다시피 지금 마저 공연을 마칠 수 있을지 없을지 알 수가 없소." 남자는 물러서지 않았다. "당장 계약을 해주시오. 5막까지 가면 선생께 1만 프랑을 드려야 하지 않을까 두렵소."

『에르나니』 사건의 징후는 이미 1829년 8월 13일에 일어났다. 프랑스 정부는 연극 『마리옹 드 로름므』에 공연 금지령을 내렸다. 빅토르 위고는 '닭 대신 꿩'을 선택한다. 『에르나니』를 무대에 올린 것이다. 1829년 8월, 한 달 밤을 꼬박 지새워 쓴 대본이었다. 10월 5일 열광적으로 위고를 맞이한 파리 테아트르 프랑세의 예술가들에게 이 작품 시사회를 열었다. 어려움은 무대 연습이 시작되면서 시작되었다. 50대에 접어든 유명한 배우로서 열렬하다기보다는 섬세한 재능이 돋보였던 마르스 양은 자신이 맡은 역할인 도냐 솔 역의 대사가 너무 대담하고 노골적이라는 이유로 주저했다. 남자 배우 피르맹은 간이 콩알만한 소심한 인물이었다. 게다가 검열단은 여기저기 대사의 삭제와 수정을 요구했다. 누더기 대본이 될 위기였다.

연극의 무대 배경은 스페인이었다. 위고는 '위대한 영혼의 승리'라는 문학정신을 지켰다. 이 주제를 중심으로 16세의 전 유럽이 등장하는 역사의 거대한 장면들, 돈 카를로스라는 오스트리아 대공이자 스페인 왕 앞에 선 주인공 에르나니. 에르나니는 임금과 맞장을 뜨는 산적이었다. 옛 이름은 쟝 다라공. 왕과 에르나니 둘 다 어여쁜 도냐 솔을 보고 사랑에 빠졌다. 그들은 또한 명의 연적인 노 공작 돈 뤼 고메즈에 함께 맞선다. 도냐 솔은 마음에도 없이 고메즈와 약혼한 사이. 한 여자에게 세 남자. 에르나니와 도냐 솔은 끝내 허락한 왕 덕에 신방에 든다. 순간 뿔피리 소리가 들린다. 목숨의 은인인 에르나니 덕을 입은 고메즈가 준 피리. 도냐 솔의 애원에도 아랑곳하지 않고 독약을 내리니 도냐 솔은 반 쯤 마시고 쓰러진다. 나머지를 에르나니가 마시고 숨을 거둔다. 고메즈도 절망 끝에 스스로 목숨을 끊고. 질투가 낳은 비극적이고 가차 없는 결말이었다.

　감동적이며 비장하며 단순한 연극이었다. 위고는 스페인 희곡에서 영감을 얻었다. 번쩍이는 서정이 충만하고 감정의 발로 역시 고전주의로서는 상상할 수 없는 것들이었다. 특히 형식은 '듣도 보도 못한' 것이었으니 비정상도 그런 비정상이 없었다. 코르네이유의 『르 시드코르네이유의 대표 고전극』 또는 『신나 Cinna』를 관람해온 점잖은 프랑스 귀족들로서는 구역질 나는 일이었다.

　첫 공연은 1830년 2월 25일. 3주간 지속된 이 헤프닝은 특히 첫 날 저녁부터 5,6일간 가장 격렬했다. 위고는 공연 강행을 위해 낭만주의 문학동회 세나클을 소집했다. 10개 조로 나뉘어 테오필 고티에, 페트뤼스 보렐 등의 지휘 아래 두 번째 관람석과 화단에 진을 치고 앉았다. 고티에는 후일, 오후 2시부터 7시까지 계속된 이후 길고도 소란스러운 대기 상태에서 고전주의자들을 향해 환호와 고함을 지르도록 부추겼던 자신의 추억을 술회한 바 있다. 고전파들은 휘파람 소리마저도 경계했던 사람들이다. 시나브로 『에르나니』는 45차례나 공연되었다. 프랑스 역사에 『에르나니』는 낭만주의자들의 『르 시드』로 남게 되었다.

1829년, 셰익스피어의 『오델로』 같은 명작들이 주름잡던 시절, 『에르나니』는 그야말로 혁명이었다. 문학의 혁파, 그것은 '내용으로부터 보다는 형식으로부터'였다. 위대한 작가들은 늘 시대정신에 귀 기울였다. 시대정신은 내용도 중요했지만 메시지, 그러니까 즉, 그보다는 오히려 형식의 파괴에 있었다. 그리하여 얼마나 많은 어려움들에 또한 부딪쳤을까? 검열, 검열, 검열, 게다가 작가들의 적개심까지 감당해야 했다. 생트-뵈브, 노디에, 비니 같은 몇몇 친구들의 방해 책동 조직까지 있었으나. 위고는 용기를 잃지 않았다. 그는 불굴의 힘으로 저항팀을 조직하고 온갖 방법으로 대항했다. 열정적인 동료들, 광신적이기까지 한 문인들, 무조건 박수갈채를 보낼 준비가 된 지지자들, 필요하면 힘으로라도 방해자들의 입을 막을, 그런 '패거리'를 모아놓을 정도로 담대했다. 동지들을 미리 방청석에 입장시켰고 잘 분산 배치 시켰다. 고전주의자들의 점잖은 호령을 막을 준비였다. 방청석은 늘 만원이었다. 막이 오르면 첫 시구부터 작시법의 대담함! 관객은 흥분했다. 박수갈채와 항의의 고함 소리가 뒤범벅되었다.

『에르나니』는 실은 낡은 문체에 대한 저항이었다. 고전주의자들이 악을 쓰고 지키려 한 것도 바로 문체였다. 주제가 아니었다. 『에르나니』는 예술사에서도 중요한 변혁을 가져왔다. 하나의 새로운 시적 문체가 희곡에 허용되게 되었다. 12음절 알렉상드랭 작시법의 파괴, 규칙적, 고전적인 알렉상드랭 시구와 절단된 시구의 불규칙한 교체 사용을 통한 대응효과, 대담한'이미지 효과, 평범한 산문투를 통한 풍부한 어휘, 활력 있고 충동적이며 신경질적이고, 때로는 사유적, 명상적이며, 때로는 웅변적이고 장엄한, 어조의 새로운 문체들.

위고는 『에르나니』 50주년 기념 대연회에 참석했다. 문학의 적 사라 베르나르트 옆에 앉았다. "위고 선생, 50년 전 당신의 혁명적 사고를 반대한 이들은 모두 증오와 저주뿐이었지요. 묵은 시대를 청산한다는 것은 가히 레테의 강을 건너가는 것이오. 오늘에서야 선생께 감사를 표하오." 위고는 자신이 살아 있는 작가임을 확인했다.

저 아래로 추락할지언정 멈춤은 결코 없으리니
이따금 헐떡이며 또다시 힘주어 고개를 돌리면

한 목소리 있어 나에게 이르노니, 전진하라! 심연은 깊고
그리하여 바닥에 불꽃 혹은 흥건한 붉은 피 보이노니!

『에르나니』가 형식만을 파괴한 것은 아니었다. 왕의 배역을 맡은 배우들은 시종일관 왕에 대한 모독을 해야만 하도록 대사를 썼다. "그대들은 나의 신성을 여전히 믿는가?" 그랬다. 위고는 몇번이고 이 말을 곱씹었다. "광명의 시대, 우리에게 신성한 이름이란 아직도 존재하는가?" 동 시대 작가 샤를르 노디에는 말했다. "위고 선생에 대한 나의 우정을 쏟아 부은들… 자신의 모든 것을 투신하는 선생의 무모한 용기가 유감이오. 내전을 방불케 하는 일들을 볼 때마다."

빅토르 위고, 그가 공연을 마치고 극장 밖으로 나갈 때면 수십 명의 청년들이 그를 둘러싸곤 했다. 그들은 위고를 전승 장군처럼 따르며 노트르-담-데-샹 로까지 행진했다. 함성을 지르며, 노래를 부르며, 박수를 치며. 기고만장한 그들은 함께 외쳤다. "오늘 저녁 우리는 우리의 삶을 혁명한다!"

위고는 몇 발짝 물러서서 말했다. "전투는 이제 시작일 뿐이오. 그 많은 나의 친구 또한 가장 힘든 친구들이 될 것이니."

며칠 후 그는 반대파를 해결하기 어려울 것 같은 생각이 들었다. 물론 그중에는 자기 친구들도 몇 명 있었다. 친구 중 누군가는 벌써 「르 주르날 데 데바」지에 비판의 글을 기고했다. "작가는 자기 작품의 입맛에 맞는 관객들만 데려다 놓았다. 망나니 패거리, '노답의 인간들', '극장을 술집 소굴로 만든'…" 위고의 스승 샤토브리앙만은 입에 침이 마르도록 칭찬했다. "이제 나는 여기까지. 위고 군, 이제부터는 그대의 몫이오." 위고는 문학의 담력이 생겼다. 그는 이렇게 썼다. "샤토브리앙이 아니라면, 차라리 아무것도 되지 않겠다".

　『에르나니』를 무대에 올리고 돈도 벌고 존경까지 받았다. 서른둘 나이, 혁명의 소요 사태로 파리 시내가 살벌한 분위기일 때 위고는 이 말을 던졌다. "나는『에르나니』『노트르-담 드 파리』의 작가 빅토르 위고이오." 군인들은 즉각 경례를 올렸다. "충성! 통과!"

레미제라블 Les Misérables

"그는 죄수와 함께 수레를 타고 단두대에 올랐다. 그전까지도
그토록 침통하던 사형수, 지금은 빛나고 있었다. 자신의 영혼
이 주님 곁으로 돌아간다고 여기고 희망에 차 있었다. 주교는
그를 껴안았다."

하느님을 믿었지만 평생 교회에 가지 않았고 교회 사제들과
좋은 관계를 맺지 못했던 빅토르 위고, 그에게도 단 한 사람, 진
정한 하느님의 사람 미리엘 주교가 있었다. 그는 작품을 통해
세상의 벼랑에 선 사람들을 보았다. 그리고 등장인물들을 통해
그들의 영혼을 위로하고 그들을 '천국'으로 인도하고자 애썼다.
『레미제라블』은 그런 작품이다. 1845년 11월 17일, 파리에서
위고는 오랫동안 꿈꾸어 온『쟝 트레쟝』이라고 이름 붙인 소설
을 쓰기 시작한다. 2년 뒤, 제목을『레 미제르』로 바꾸었다가 후
에 다시『레미제라블』로 바꾼다. 1848년 2월혁명으로 이 맹렬한

작업은 중단되어 1851년 8월에야 다시 손을 댄다. 제르제영국 저지섬, 그 다음에는 게느르제영국 건지섬에서의 망명 생활이 작가로서의 위고에게는 더없는 자유의 시절이었으리라. 1845년 쓰기 시작해 장장 17년이나 걸린 『레미제라블』, 불후의 명작은 폭풍우 몰아치는 고독한 섬, 망명 중에 빛을 보았다.

"그는 수많은 사무와 성무와 예배를 마치고 남는 시간은 빈자와 환자, 그리고 고통받는 자들에게 바쳤다." 위고가 본 당시 가톨릭교회는 정의롭지 않았다. 그의 눈에 '오직 높은 곳'에다 눈을 둔, 낮은 사람들을 사랑하지 않는 그들을 존경할 구석은 아무 데도 없었다. 단 한 사람 미리엘만이 제대로 된 사제였다. '밑으로', 그것이 그리스도의 뜻이었다. 그것이 위고의 철학이고 신앙이었다.

"그 모든 탄갱들 아래 … 마지막 갱도가 있다. 무시무시한 곳, 그곳이 우리가 밑바닥이라고 부르는 곳이다. 그곳이 암흑의 구덩이다. 그것은 장님들의 지하실이다. 하계下界 그것은 심연으로 통한다. 거기서 무사무욕無私無慾은 사라진다. 악마가 윤곽을 드러내고, 저마다 저만을 생각한다. 눈 없는 자아가 으르렁거리고, 찾고, 더듬고, 갉아먹는다. 사회의 우골리노단테의 신곡에 나오는 '해골을 갉아먹는 사람'가 구렁텅이 속에 있다… 그들에게는 두 못된 어머니가 있다. 무지와 빈궁. 그들에게는 욕구라는 하나의 안내자가 있다. 만족의 온갖 형태의 식욕이 있다. 그들은 난폭하게 탐욕스럽다. 사납다… 인간은 거기서 악마가 된다. 배고프다, 목마르다, 이것이 출발점이고 사탄이 되는 것, 이것이 도달점이다. 이 지하에서 대도 라스네르가 나온다."

위고가 파리의 하수도에 대한 서술을 지나치게 상세히 묘사한 것도 바로 '밑바닥'의 철학이었다. "그것은 도시의 양심이다. 모든 것이 거기에 집중되고, 거기서 얼굴을 맞댄다. 이 창백한 장소에는 암흑이 있지만, 더 이상 비밀 곳은 없다." 뱀처럼 표독한 형사 자베르는 불쌍한 죄수 장 발장과 하수도에서 만난다. 밑바닥에서 만난 그들은 서로의 밑바닥을 보았다.

위고는 작중 인물 미리엘을 통해 불행한 존재들을 위한 눈물을 요청한다. "사회악을 가져온 이들, 그들은 모두 '미제라블_{불쌍한이들}'이다. 장발장이 키운 고아 코제트는 사회의 희생양인 어머니 팡틴느로 인한 순교자. '죄 지은 자는 지옥에 보내야 한다.'고 믿는 자베르 역시 신념의 희생자였다.

소설 『빅토르 위고』는 위고가 기나긴 세월 『레미제라블』을 쓰며 쥘리에트와 나누는 대화를 잘 묘사하고 있다.

평생 위고의 원고 필사를 도운 연인 쥘리에트는 말했다.

"불쌍한 순교자의 운명에 저도 모르게 눈물이 나요. 제 마음과 영혼은 당신이 『레미제라블』이라고 지을 이 숭고한 책에 푹 빠져버렸어요. 저는 확신해요, 이 책을 읽는 사람들도 저와 똑같이 느낄 거예요."

위고는 건강이 좋지 않았다. 내일모레면 칠순이었다. 미세한 통증이 기관 동맥에서 퍼져 후두를 침범하는 느낌이 들었다.
"만성 후두염의 결말은 결핵이오."
진료를 받았지만, 의사의 말은 무시해 버렸다. 쥘리에트는 그를 늘 '나의 가련한 고통'이라고 불렀다. 그는 말했다.

"시작한 작업은 어찌하든 끝내고 싶소. 하느님께 기도를 하오. 내 영혼이 끝날 때까지 참고 기다리라고 내 몸에게 명령해 달라고. 이 작업만 마치면 내 몸을 원하는 대로 내버려 둘 참이오. 나는 내가 머잖아 죽을 것을 잘 아오. 주님, 부디 나에게 허락해 주십시오. 잘 끝내고 잘 죽도록."

추방의 섬에서 19년을 늙었다. 빵 한 조각을 훔친 죄로 19년을 감옥살이한 장 발장은 바로 그 자화상이었으리라.
『레미제라블』 원고가 가득 든 트렁크는 늘 쥘리에트의 몫이었다. 원고지가 산더미처럼 쌓여갔다. 그리고 "오늘 6월 30일 아침, 8시 30분, 창가에 아름다운 태양이 비칠 때, 나는 『레미제라블』을 끝마쳤다.… 단테는 지하에 지옥을 만들었지만 나는 지상에 지옥을 만들고 싶었다. 그는 지옥에 떨어진 이들을 그렸고, 나는 지상의 인간들을 그렸다." 마침내 그는 해방되었다. 외로운 아내 아델에게도 편지를 보냈다. "이제 『레미제라블』 덕에 좀 편안해질 거요. 나도 이젠 좀 숨을 쉴 것 같소. 빚을 좀 갚을 수 있으니 너무 걱정 마오. 다만 나는 건강을 많이 해쳤소."

"사회의 진보는 하느님을 믿어야 가능하오. 선은 믿음 없는 하인을 가질 수 없소. 무신론자는 인류의 나쁜 지도자요." 위고는 교회에 가지 않고 하느님을 직접 만나길 원한 사람이었다. 그리고 만일 신앙인들이 그리스도를 바르게 믿는다면 거리에 불행한 민중이 그처럼 즐비할 리가 없다고 생각했다. 그리스도는 오직 '밑바닥'을 사는 민중을 위하여 온 분이었으므로. 그리스도를 말하는 것이 아니라 그리스도를 살기를 원했다. 미리엘은 그리스도였다. 세상은 황금을 파내기에 목숨 걸지만, 미리엘은 연민을 파내는 데 힘을 썼다. 온 누리의 비참함은 그의 광맥이었다. 위고에게는 '남는 것은 사랑뿐, 나머지는 모두 잔해'였다. 교회의 교리도, 가정의 법도도, 법의 잣대도, 교육의 미래도 하나같이 사랑이었다. 위고에게는 모든 것이 낮은 이들을 향한 정의와 연민뿐이었다.

온건한 보수, 왕정주의자였던 위고가 진보주의, 혁명 예찬자, 나폴레옹 독재 타도의 기수, 좌익 파리코뮌의 수호자로 나선 것은 그럼 무엇이란 말인가? 한 마디로 그는 '배부르고 썩어 문드러진 골통 보수'를 혁파하지 않고는 하느님이 그토록 원한, 그리스도가 그토록 피를 흘린 피 값을 얻을 수 없다고 믿었다. 그러므로 혁명은 원하는 바가 아니지만, 해야만 했던 일이었다. 낭만주의 작가들은 늘 이렇게 '순진하게, 저돌적으로 펜을 휘갈긴' 이들이었다. 그러나 빅토르 위고의 낭만은 '그저 배를 불리고 홀로 희희낙락하는 딴따라'는 아니었다. 낭만주의 안에서의 위고의 신앙 역시 '세상의 부조리에는 추호의 관심도 없이 그저 할렐루야!를 외치는 백치의 신앙'이 아니었다. 오히려, 밑바닥을 보고 한없이 연민하고, 독재 권력을 향해 끝없이 분노하는, 그리하여 그리스도가 꿈꾸는 이 땅의 천국을 회복하는 일이었다. 바닥의 삶을 사는 코제트와 그의 어머니 팡틴느에게도 천국이 임하기를 원했다. 장 발장의 누명이, 자베르의 표독이 스러지기를 또한 갈구했다.

쥘리에트는 흥분을 가라앉히지 못했다.

『레미제라블』이 세상에 어떤 영향을 미칠까? 생각만 해도 가슴이 벅차오르고 손이 떨려요. 저는 이 책이 대중에게 공개될 때 온 마음을 휘어잡을 수 있는 모든 숭배와 존경과 온갖 각광을 맞아들이기 위한 두 눈, 두 귀, 모든 영혼이 되고 싶어요." 위고는 그렇게 되기를 기도했다. 그리고 위고 나이 63세, 1862년 4월 3일, 책이 세상에 나왔다. 라크르와 출판사가 보낸 책은 우편 정기선으로 생-피에르 항구 부두에 도착했다. 편집자들이 달려왔다. "초판은 이미 절판되었어요. 동시에 재인쇄가 시작되었고요! 교정하던 이들이 교정쇄를 읽으며 엉엉 울었답니다."

그해 4월은 대박난 달이었다! 『레미제라블』의 성공! 가난한 민중의 성공!' 그리고 위고는 싸울 준비를 해야 했다. "또 보나파르트가 『레미제라블』을 핍박한다면 프랑스 문학은 문을 닫는 것이니, 나는 프랑스 밖에서 문학을 해야 할 것이다. 『꼬마 나폴레옹』과 『관조』를 가지고 전투를 재개하는 거다. 남자가 정의로운 일을 하려면 '세상의 여주인'인 엄청난 악에 맞서는 거지. 남자는 증오에 둘러싸이고 모든 분노의 표적이 되는 것이 당연하지. 나는 왕 없는 사회, 국경 없는 인류, 책 없는 종교를 지향한다. 맞다. 나는 거짓을 파는 사제, 불의를 자행하는 재판관과 싸우는 것이다. 나는 봉건적 요소의 제거, 그리고 재산권의 보편화를 원한다. 나는 사형제도 폐지를 강력히 외친다. 그리고 노예제도를 거부한다. 나는 불행을 몰아내고 무지한 이들을 가르치고 질병을 치료하며 이 칠흑의 밤을 밝히고 싶은 것이다. 그리고 세상의 증오를 증오한다. 이것이 내 존재 이유이며『레미제라블』을 쓴 이유이다.『레미제라블』은 민중에 대한 우애와 연민을, 궁극적으로는 인류의 진보를 담은 책. 오직 그뿐이다."

위고는 쥘리에트에게 말했다. "당신의 축제는 곧 나의 축제요. 축제는 이 책을 배달하는 것과 동시에 시작되오. 마침내 나는 자유인이오.『레미제라블』으로부터 마저도 벗어나오. 이것은 당신에게 바치는 진실한 꽃다발이오."

너무 깊은 위고의 연민을 걱정해준 이는 작가 라마르틴느였다. "『레미제라블』은 매우 위험한 책이다. 행복한 사람들을 너무 두렵게 하고, 불행한 사람들을 너무 희망을 품게 한다." 그래서 약자의 눈으로 보는 삶의 정의, 가난한 이들의 절망에 빛을 비추고 불행한 이들을 위대한 영혼의 반열로 끌어올리고자 한 위고의 위대성을 알아채는 데는 한참의 시간이 필요했다."

위고는『레미제라블』에 자신의 모든 경험, 모든 기억, 모든 생각, 모든 시를 담은 느낌이 들었다. 구상에서부터 집필까지 40년이 걸렸다. 60세, 1862년,『레미제라블』은 숙명처럼 던져졌다. 위고는 말했다. "최고의 작품인지는 모르겠으나 최선의 작품이다."

"가련한 제 과거를 당신의 삶을 통해 영광으로,『레미제라블』로 연결시켜 주셔서 고마워요. 인류의 한복판을 두루 여행한 당신의 소중한 발에 키스해요. 당신의 숭고한 아우라를 보지 못한 제가 부끄러워요. 이렇게 당신에게 무릎 꿇고 키스해요."

『레미제라블』 출간을 세상에서 가장 기뻐한 이는 쥘리에트였다. 위고는 마침내 그녀와 함께 아르덴과 라인강을 따라 한 달 이상의 긴 여행을 떠날 수 있었다.

파리 시내의 독자들은 책 구입을 놓고 쟁탈전을 벌였다. 이른 새벽부터 팡제르 편집 인쇄소가 있는 센느 거리는 서점 주인과 위탁판매업자, 서점의 속보마들이 점거하고 있었다. 가게 문이 열리자 난리가 났다. 경찰들은 바빠졌다.『레미제라블』은 매장 전체를 차지했다. 바닥에서 천장까지 쌓여있었다. 그야말로 피라미드였다. 벨기에도 똑같은 반응이었다. 거의 모든 나라들이 번역 저작권을 요청했다.

"나는『레미제라블』을 현세대가 아닌 후세를 위해 썼다."고 말한 위고로서 이 책이 그토록 단시간에 불티나게 팔릴 줄은 몰랐다. 1862년부터 1884년까지『레미제라블』은 500만부나 팔렸다. 그중 약 290만 부는 어린이용이었다. 그리고 뮤지컬『레미제라블』은 1980년 파리 초연 이후 41개국 21개 언어로 총 4만

3천 회, 5천5백만 관객이라는 기록을 세웠다. 영화화된 것만도 20개가 넘는다. 지난 150년간 놀랄 만큼 왕성한 생명력을 가진 것을 볼 때, 빅토르 위고가 소설 권두에 "지상에 무지와 빈곤이 존재하는 한, 이 책 같은 종류의 책들도 무익하지는 않으리라." 라고 썼다. 수십 년 공을 들여 쓴 대작, 그 가치를 스스로 평가한 말이었다.

68세, 1870년, 위고는 평생 연인이며 '비서'였던 쥘리에트에게 말했다. "『레미제라블』을 완성한 지난 1862년 2월은 나에게 빛의 징조를 나타낸 달이오. 나는 그것을 그대에게 바치오. 오 나의 달콤한 천사 쥘리에트!"

『레미제라블』은 빅토르 위고의 큰 성품, 큰 사상, 큰 신앙을 한눈에 볼 수 있는 낭만주의와 휴머니즘의 광장이다. 「헤럴드 블름」 지는 극찬했다. "20세기에 위고와 견줄 만한 작가는 없다. 21세기에도 그런 작가가 나올 수 있을지 의심스럽다." 위고는 소설을 통해, 시인과 신앙 지도자의 소명을 외치고 외쳤다. 그는 '영원한 진리'라는 피안에 꽂히지 않았다. 대중보다 딱 한 걸음 앞서 횃불을 높이 들고 앞길을 밝혀주는 횃불이 되고자 했다. 그의 머릿속을 채우고 있던 말모이는 연민, 연민, 그리고 연민이었다. 또 하나의 말모이는 사랑, 사랑, 그리고 사랑이었다.

아흔둘 노인 질노르망이 손을 떨며 샴페인 술잔을 손에 들고 신랑 신부에게 축복하는 말은 그저 평범하다. 하지만 곱씹어 볼수록 비범한 말이다.

"너희들 서로가 상대에게 하나의 종교가 되거라. 저마다 하느님을 예배하는 제 방식이 있다. 그런데 말이다! 하느님을 예배하는 최고, 그것은 사랑하는 것이다. 그리스도를 믿는 최선, 그것은 바로 사랑하는 것이다. 나는 너를 사랑한다! 이것이 내 교리이니. 사랑하는 자는 누구나 정통이란다. 사랑하지 않는 자가 이단이지. 삶의 어두운 주름살 속에서 찾아낼 진주는 그것밖에 없다. 사랑은 일종의 완성이란다."

질노르망, 그가 바로 위고였다.

노트르담 드 파리 Notre-Dame de paris

"몇 년 전쯤의 일이다. 노트르담 성당에 갔다. 그곳을 샅샅이 뒤지러 갔다고 하는 편이 맞겠다. 그곳 한쪽 종루의 어두컴컴한 구석에서 벽에 새겨진 그리스어 글자 'ANANKE숙명'을 보았다. 거기서 나는 죄와 불행의 흔적을 남기지 않고는 이 세상을 떠나려 하지 않았던 고통에 찬 영혼을 읽었다. 이 책은 바로 그 신비한 한 단어에서 탄생했다. 1831년 2월. 빅토르 위고" 콰지모도, 빅토르 위고는 민중, 비참한 민중을 생각했다.

소설 『노트르담 드 파리』를 쓰기로 마음먹은 것은 1828년, 위고의 나이 스물여덟이었다. 중세에 대한 호기심이 넘치던 당시, 프랑스에서는 역사소설이 큰 인기였다. '중세'에 대한 강박관념으로 그는 파리의 이 성당을 수시로 드나들었다. 당시 첫 보좌 신부, 왕비의 고해 담당이었던 한 신부로부터 성당의 심오한 의미를 들었다. 그것은 위고의 에스프리에 큰 영향을 주었다.

『레미제라블』과 더불어 『노트르-담 드 파리』 역시 19세기 민중 작가 위고의 걸작이다. "위고 선생, 아오? 나는 선생의 열렬한 독자요.『노트르-담 드 파리』는 최고의 소설이오." 위고도 라마르틴느의 이런 예찬을 모두에게서 들은 것은 아니었다. 신학과 교리로 가득하던 시절, 문학 비평 역시 크게 다르지 않았다. "소설에서의 셰익스피어, 중세풍의 서사시이군요. 아쉽소. 선명한 하느님의 섭리가 결핍되었소. 매우 부도덕하오. 선생의 성전에는 모든 것이 있소. 딱 하나, 신앙만 빼고." 몽탈랑베르 백작은 이렇게 비난했다. 생트-뵈브의 공격은 우회적이었다. "하느님에 대한 믿음, 위고 선생이 좀 다른 식의 사고를 할 수는 없었소? 즉석에서 돌에 맞지 않고도 말이오." 위고는 답했다. "오늘 아침『노트르-담 드 파리』를 보내드리오. 청컨대 너무 나쁘게 보진 마오. 선생이『노트르-담 드 파리』에 대해 총대를 멜 셈이오? 다들 악담한다고 선생까지 할 말이 그토록 많소? 제발 그치기를 바라오."

스물아홉 나이의 위고, 몇 년간 자료 조사를 마친 그는『노트르-담 드 파리』를 쓰기로 결심했다. 그리고 잉크 한 병과 목부터 발까지 몸을 감쌀 두툼한 회색 털옷을 한 벌 샀다. 외출하고 싶은 유혹에 넘어가지 않으려고 나머지 옷들을 옷장에 넣고 자물쇠로 채웠다. 그리고는 '글 감옥'으로 들어갔다. 소설에만 몰입했다. 죽도록 외로운. "식사 시간과 잠자는 시간 외에는 책상

앞을 떠나지 않았다. 첫 장을 시작하면서 창작열기는 그를 완전히 사로잡았다. 피곤도 겨울 추위도 느끼지 않았다. 12월 겨울에도 창문을 죄다 열어놓고 썼다. 1831년 1월 15일 집필을 끝냈다. 펜을 든 지 딱 6개월." 『생애의 한 증인이 말하는 빅토르 위고』에서 아내 아델이 한 말이다.

책이 나오자마자 찬탄은 이어졌다.

"빅토르 위고는 옛 성당 옆에 본래 성당의 기초만큼 단단하고 그 종탑처럼 드높이 시의 성당을 세웠다." 역사가 미슐레의 말이다. 테오필 고티에는 "이 소설은 진정한 『일리아드』이다. 오늘부터 이 책은 고전이다."라고 했다. 『노트르담 드 파리』는 낭만주의 역사소설의 걸작이 되었다. 그는 15세기 말엽의 파리를 놀랍도록 재현했다. 소재와 문체는 '나긋나긋함'보다 '숭고하고 기괴함'을 택했다. 필생의 질문이 사랑이며 연민이었던 위고는 부유와 힘의 은총을 증오했다. 그는 철저히 버림받은 꼽추 콰지모도를 통해 '비참한 민중'의 변호인이 되길 원했다.

"이건 죄악의 산물이야. 저 눈 위에 달린 사마귀는 알인데, 그 속에는 저 아이와 똑같이 생긴 악마가 들어 있고, 그놈이 또 다른 알을 가지고 있고, 그 속에는 더 작은 악마가 들어있고, 그렇게 계속해서 수 많은 악마가 자라나고 있는 거야… 자루에서 꺼내 보니 아이는 생각했던 대로 매우 심한 기형이었다. 한쪽 눈에는 사마귀가 혹처럼 달려 있고, 머리는 두 어깨 사이로 파묻히듯 들어가 있으며, 등은 활처럼 휘었을 뿐 아니라, 가슴뼈는 툭 불거져 나온 데다 두 다리는 괴상하게 뒤틀려 있었다. 그럼에도 그 아이는 분명 살아 있었다… 클로드의 측은지심은 더욱 깊어졌다… 이 불쌍한 아이를 기르겠다고 다짐했다… 훗날 천국에 들어갈 때 통행세를 내는 곳에서 내놓아야 할 어떤 화폐, 즉 선행이 부족하여 곤란을 겪지 않도록 지금부터 하나씩 씨를 뿌려두려는 것이었다."

온전치 못한 몸으로 태어난 아이에 대해 교회가 잔인한 결정을 서슴지 않았던 시절이었다. 위고는 천형을 갖고 태어난 생명들에 대한 연민을 스스로 끌어안았다.

노트르담의 종지기, 비참한 민중의 상징 콰지모도의 증오는 모든 사람을 향한 것이었다. 단 한 사람 예외는 프롤로 신부. 신부가 손가락으로 신호를 보내기만 하면 성당의 탑 위에서라도 서슴없이 뛰어내릴 정도로, 콰지모도는 그에게 순종했고 그를 사랑했다. 프롤로 신부는 '하느님'이었다.

사람 취급받지 못하는 콰지모도에게 친구는 오직 자신이 치는 교회 종들뿐이었다.

"종을 크게 울리는 날이면 그는 커다란 기쁨에 휩싸이곤 했다. 그는 종들과 함께 진동하면서 그것들을 사랑하고, 쓰다듬고, 이해했다. 종소리가 그의 온몸을 울리며 파리 시내로 퍼져나갈 때마다, 그는 마치 햇빛 속을 나는 새처럼 마음이 환해지는 것이었다. 종 치기를 마치면 그는 한참 동안 자신이 친 종들을 어루만져 주었다. 그중 가장 커다란 종에는 '마리'라는 이름까지 붙여주었다. 그가 마리에 올라타 온몸으로 미친 듯이 흔들어댈 때면, 그의 몸짓은 꿈이 되고, 소용돌이가 되고, 마침내 폭풍이 되었다. 그때마다 그는 눈물을 흘릴 수밖에 없었다."

프롤로는 신부는 가면을 쓴 욕망의 화신이었다. 콰지모도를 시켜 집시 여자 에스메랄다를 납치한다. 콰지모드는 붙잡혀 형장에 끌려 나왔다. "콰지모도는 가죽끈이 살을 파고 들어갈 만큼 단단하게 수레바퀴에 묶였다. 그렇게 무릎이 꿇려지고 윗도리가 벗겨진 채… 집행관의 오른손에는 마디마디 자잘한 쇠톱이 달린 채찍을 들려 있었다."

비참한 민중은 늘 악마였다. "물, 물 좀." 형틀에 묶인 그는 발악했다. "어이, 이거나 먹지!" 누군가 시궁창에 떨어진 걸레를 집어 그에게 던지며 말하자 모두 일제히 웃었다. 위고는 『노트르담 드 파리』를 통해 민중을 그렸다. 그리고 악행이란 순전히 사회의 모순, 부패한 종교와 정치권력에서 온다고 생각했다. 그리고 시인의 역할은 민중을 일깨우고 끌어안는 것이라 믿었다.

"보헤미안 여인은 들어라. 너는 폐하께서 정하시는 날 정오에 속옷 차림에 맨발을 하고서 목에는 줄을 맨 채 호송마차에 끌려갈 것이다. 또한 노트르담 성당 현관 앞에서 손에 엄청난 무게의 촛불을 들고 공개 사죄를 해야 할 것이다. 그리고는 그레브 광장으로 끌려가 처형대에 목이 매달려 죽을 것이다. 종교 재판소에는 금화 세 개를 치러야 한다. 그것은 네가 범하고 자백한 죄와 마법, 그리고 페뷔스 드 샤토페르를 살해한 데 대한 배상이다. 하느님의 은총이 있기를!" 교수형에 처한 에스메랄다를 보는 이중인격의 프롤로 신부의 눈, 그의 사디즘. "그의 광적인 상상력은 처녀의 온갖 자태를 떠올렸다. 그녀의 봉긋한 젖가슴이나 고문 도구에 묶인 그녀의 새하얀 다리 같은 관능적인 영상들이 그의 등뼈에 전율을 일으켰다.… 그리고 그녀를 보살핀 이가 바로 자신의 은혜 아래 있는 저 콰지모도 놈이라니."

결국 위선자 프롤로는 에스메랄다를 구출한다는 명분으로 성당을 습격하고, 포롤로는 가증스러운 포옹을 한다. "넌 죽든지 아니면 내 것이 되어야 한다! 사제의 것! 파계승의 것! 살인자의 것! 바로 오늘 밤부터. 알아듣겠지? 내 입에 열렬히 입을 맞추어라! 죽을 테냐 아니면 나와 잘 테냐!" 추악한 광기가 번

득이고, 음탕한 입이 그녀의 목을 붉게 만들었다. 그녀는 몸부림쳤다. 그런 그녀를 그는 거품을 문 입으로 덮쳐버렸다. 그는 결국 에스메랄다를 사형집행인에게 넘겼다. 콰지모도는 끌려간 그녀를 생각하며 머리를 쥐어뜯으며 놀라움과 고통으로 발을 굴렀다. 마침내 그는 처형되는 에스메랄다를 지켜보는 포롤로 신부를 난간 밑으로 밀어 죽게 한다. 에스메랄다도 결국 처형된다.

당시 '하느님'이던 사제들을 모두 악마로 만들어버린 위고, 그는 대체 목을 몇 개나 가지고 있었던가?

소설은 이렇게 마무리된다.

"콰지모도가 사라진 뒤 그를 본 사람은 아무도 없었다. 에스메랄다의 시신은 몽코공 교수대의 지하실로 옮겼다. 거기 깊은 납골당에는 수많은 인간의 유골들과 수많은 죄악이 함께 썩어갔다. 무수히 많은 죄 없는 이들의 뼈가 끊임없이 쌓여갔다. 2년이 흐르고 샤를 8세의 은총으로 사람들은 인척의 시신을 찾으러 몰려들었다. 그들은 흉악한 해골들 사이에서 기이한 모습으로 서로 얽혀 있는 두 구의 유골을 발견했다. 하나는 여자의 것이었다. 찢어지고 퇴색한 흰색 옷감이 아직 붙어 있었다. 목에는 작은 비단 주머니와 더불어 녹색 유리세공품으로 장식된 구슬 목걸이가 걸려 있었다. 비단 주머니는 입구가 열린 채 비어 있었다. 그것은 별 가치가 없어 사형집행인이 가져가지 않았다. 다른 하나는 상대를 힘껏 끌어안고 있는 남자의 유골이었다. 그것은 특이하게 척추가 휘어 있었다. 두개골은 어깨 쪽으로 들어가 있었고 한쪽 다리가 다른 쪽보다 짧았다. 그런데 그 유골의 주인공은 목 부위에 어떤 손상도 없는 것으로 보아 교수대에서 죽지 않은 것은 분명했다. 그렇다면! 그가 이곳으로 와서 스스로 죽은 것이었다. 누군가가 여자의 유골을 꼭 끌어안고 있는 남자의 유골을 상대로부터 떼어놓으려 하자, 남자의 유골은 금세 가루가 되어 부서져 내렸다."

콰지모도가 가슴속으로만 사랑하는 에스메랄다 앞에서, "제 불행은 제가 아직도 인간과 너무 닮았다는 것입니다. 전 차라리 짐승이었으면 좋겠어요."라고 외칠 때, 하잘것없는 존재들의 이루어질 수 없는 사랑에 대한 고통은 차라리 숭고함이었다. 콰지모도, 그는 민중이었다. 그리고 비참함, 그것은 민중의 숙명이었다. 적어도 위고의 시대에는 말이다. 그리스도는 교회의 은폐된 권력과 함께 계셨다. 아난케, 위고는 숙명의 깊은 우물, 그 밑바닥에 빠지신 하느님을 건져 올리고자 했다.

『노트르담 드 파리』는 숙명적인 사랑과 정열, 질투 같은 인간의 살아있는 감정들을 서정 넘치는 자유분방한 수법으로 묘사했다는 점에서 낭만주의 작품의 전형이다. 집시 처녀 에스메랄다에 대한 클로드 프롤로의 어긋난 사랑, 이 사랑에 숨겨진 치열한 질투와 증오, 죽음을 택할 것인지 자신을 따를 것인지 택하라는 압박받으면서도 페뷔스에 대한 일념으로 프롤로를 거부하는 에스메랄다, 에스메랄다에 대한 콰지모도의 맑고 깨끗한 사랑, 이와 같은 솔직하고 격정적인 인간 감정의 적나라한 묘사, 그것은 낭만주의 작가 빅토르 위고의 호화롭고 웅장한 기법이었다.

위고는 『노트르담 드 파리』를 출간하자마자 이미 유명해졌다. 혁명의 피바람이 불던 어느 날, 사방이 바리케이드였다. 천지가 군인들 그리고 살기등등한, 증오로 가득한 국가경비대원들이었다. 그를 붙잡았다. 그는 신분증이 없었다. "팔에 끼고 있는 것이 무슨 책이냐?" 그는 즉각 책을 빼앗겼다. "생−시몽?" 위고는 생시몽주의자 중 하나였다. 민중의 머릿속에 반란의 불을 붙인 '사회주의자들' 중 하나였다! 그는 외쳤다. "나는 『에르나니』와 『노트르−담 드 파리』의 작가 빅토르 위고이오." 그는 곧 풀려났다.

불문학자 송면은 말했다. "빅토르 위고는 『노트르담 드 파리』에서 중세에 관해 한 말을 『레미제라블』에서 현대에 대해 말했다. 이 두 대작은 인류를 비추는 두 개의 거울과 같다." 그것은 아마도 이런 의미이리라. "위고는 교회와 권력에 갇힌 중세의 민중을 『노트르담 드 파리』를 통해 고발했다. 그리고 『레미제라블』에서 그는 그 영혼들이 다 함께 승소하도록 변호했다."

위고는 과연 사랑을 위하여 글을 쓴 작가였다. 무한한 연민의 작가였다. 위고는 세상의 모든 낮은 이들과 낮은 것들에 천착했다. 민중 작가 빅토르 위고, 그의 사전에서는, 위대함이 높음과 부유함 그리고 찬란함과는 결코 동의어가 아니었다.

관조 Les Contemplations

내일 새벽이 오면, 들판이 하얗게 바뀌는 시간,
떠나리라, 아이야, 네가 기다리는 걸 아노니
숲을 지나가리, 산을 넘어가리라.
더 이상 너로부터 멀리 떨어져 머물 수 없으니,

오직 내 생각에만 잠긴 채 걸어가리라,
바깥 일랑 아무것도 보지 않고, 아무 소리도 듣지 않고,
홀로 이방인처럼, 구부정한 등, 팔짱을 낀 채,
외로이 걸으리라, 내게는 낮도 밤과 같으리니.
바라보지 않으리라, 지는 저녁 해의 황금빛도

멀리서 아르플뢰르를 향해 내려오는 돛단배들도.
마침내 도착하면 네 무덤 위에 놓으리라
초록 호랑가시나무와 히이드 꽃 한 다발.

1843년은 위고에게 잔혹한 해였다. 그해 여름, '1년에 단 한 번 누리는 행복'을 위해 위고는 쥘리에트와 함께 피레네 지방을 여행했다. 돌아오는 길에 두 사람은 로슈포르에 있는 '카페 드 유럽'에 들렀다. 테이블 위에 놓인 신문에서 딸 레오폴딘느 부부가 5일 전 사망했다는 소식을 접했다. 센느강 보트 놀이 중 익사한 것이다.

오! 난 처음엔 미친 자 같았고
아아! 사흘을 쓰라리게 울었소
[…]
난 거리의 포석 위에 내 이마를 부수어 버리려 했소

수년의 고통의 세월을 보낸 위고는 몸과 마음을 추스르고 방에 처박혀 시를 썼다. 그리고 종종 쥘리에트에게도 이해하기 어려운 말을 했다. "나의 연인이여, 나의 사랑처럼 우리의 사랑처럼, 사랑은 오로지 하느님 안에서만 갈증을 해소할 수 있소. 충만하게 살기 위해서는 죽음이 필요하오." 그리고 1856년, "내 필생의 시집 구상이 다 되었소. 이것은 제법 균형 잡힌 작품집이오. 나의 잃어버린 젊음, 나의 쇠약한 마음, 나의 죽은 딸, 나의 죽은 조국, 이렇게 네 부분으로 나눌 참이오."

그리하여 위고는 걸작 『관조』를 출간했다. 딸은 죽은 것이 아니었다. 오늘 영원히 그이 곁에 있었다. 그는 그렇게 딸과 살고자 했다. 위고는 이런 정신적 과정을 통하여 딸의 비통한 죽음에 대한 슬픔과 회한에서 점차 관조적 정신의 힘을 얻어, 그 죽음 자체를 극복하고 있다.

우리는 관조한다, 어두운 것, 미지의 것, 불가사의한 것을
우리는 탐색한다, 현실을, 이상을, 가능성을,
늘 현존하는 유령, 존재를

서문에서 위고는 말했다. "이것은 미소로 시작하여, 오열로 지속되고, 결국 심연의 나팔 소리로 끝난다"라고 서문에서 말하고 있다… 세상에는 빛과 어둠, 삶과 죽음이 공존하며, 그 각자의 언어들이 시인의 내면에서 화음을 형성하면서 시인의 영혼은 광대히 확장되고 있다.

황량하고 드넓은 어느 묘지에서 나는 꿈꾸고 있었다
풀꽃들과 무덤 십자가들
내 영혼과 죽음들의 콘서트를 듣고 있었다
태어나는 것은 떨어지는 것으로부터 나오기를

하느님은 원하고 있다
그리고 어둠이 나를 가득 채우고 있었다

아무런 악을 저지르지 않은 어린 딸을 앗아 가고 자신을 헤어 나올 길 없는 절망에 빠트린 하느님을 원망한다. 하느님은 사회적 약자 편에 서서 사회의 진보에 어떤 역할을 해야 한다는 그의 사상과 맥을 같이 한다. 왜 순수한 존재들이 죽어야 하고, 불의가 승리하며, 민중은 비참함 속에 빠져야 하는지에 대한 의구와 깊은 회의는 망명지의 위고를 지배하고 있던 정신적 갈등이었다. 대부분 1852년부터 1855년까지의 연도가 적힌 총 6권의 시편들은 저지섬의 위고가 얼마나 관조와 기독교적 기도를 그의 깊은 영혼의 울림으로 표현하고 있는지 잘 보여준다. 요한이 파트모스섬에서 나팔 소리처럼 울리는 성령의 목소리를 들었듯이, 위고는 영혼의 진실한 '기억들'을 우리에게 '무한의 경계에서' 전해주고 있다.『관조』는 개인적 비극을 극복하고 저 높은 시의 숭고한 세계에 도달한 한 인간의 위대한 도정의 역사였다.

꿈과 사랑의 열망을 불어넣으면서도, 또한 삶에 대한 회의와 죽음의 갈망 혹은 영혼의 슬픔과 고통을 함께 가져다준 위고의 작품들은 보들레르 시집의 예술성을 미리 담고 있었다. 사실 보들레르는 예술의 순수성을 지향하고, 위고는 사회적 진보를 위한 예술을 옹호했다. 그리고 예술 자체를 진보의 행위로 간주했다. 때로는 지나치게 종교적이라고 판단한 출판인 미술레가 어느 시의 삭제를 위고에게 요구하였다. 위고는 단박에 응수했다. "예수는 진보의 화신이었다"라고.

『관조』는 한 영혼의 회상록이다. 요람의 새벽에 시작하여 무덤의 여명에서 끝나는 삶 자체이다. 젊음, 사랑, 일, 투쟁, 고통, 꿈, 희망을 가로질러 이 빛에서 저 빛으로 진행하고 무한의 가장자리에서 미친 듯 날뛰며 멈추는 에스프리이다. 그를 서둘러 극찬한 이는 보들레르였다. "빅토르 위고는 내가 삶의 신비라고 부르는 것을 시를 통해 표현하는 최고의 재능을 부여받았다. 어느 예술가도 그만큼 보편적이지 못하며, 스스로를 보편적 삶의 힘과 접촉하는 능력이 없다. 그는 위대함뿐 아니라 보편성의 소유자이다."

『관조』를 준비하면서 위고는 말했다. "만약 영혼의 거울이 있다면 바로 이 작품집일 것이니. 칠흑 같은 밤에 태양을 보는 법, 나는 캄캄한 무덤에서 하느님을 보았소. 『관조』를 가장 완전한 작품으로 만드는 데에 바칠 것이오. 나는 아직 기자이집트 나일강 중류의 서안에 위치한 도시의 피라미드만을 모래 위에 세웠을 뿐.
이제 쉐옵이집트 황금기의 파라오 이름의 피라미드를 건설할 때이니.
『관조』는 필시 나의 대 피라미드가 될 것이오."

> 모든 것은 말한다
> 그리고 지금 인간이여, 그대는 아는가
> 왜 모든 것이 말하는가를?
> 잘 들어라. 바람, 물결, 불길, 나무, 갈대 바위
> 모든 것이 살아 있다!
> 모든 것은 영혼으로 가득 차 있다

군사적 승리로 고무된 나폴레옹 3세는『관조』의 유통을 금지
하려 했다. 폴 뫼리스가 치안국장 콜레 매그레를 만나는 참이
었다. 그는「레벤느망」지의 기자였다. 그는 말했다. "위고 선생,
나는 당신을 존경하오. 내가 당신을 위해 무엇을 하면 되겠소?"
『관조』출판 승인 또는 금지의 순간이었다. "이 시집에 현 정권
에 반하는 구절이 정말 없소?" 폴 뫼리스는 대답했다. "그렇소!"
"단 한 구절도?" 콜레 매그레가 또 물었다. "맹세하오." "그렇다
면 출판하시오" 치안국장이 말했다.『꼬마 나폴레옹』이나『징벌』
을 쓴 위고, 그의 작품 중 루이 나폴레옹 보나파르트에 대한 저

항을 담지 않은 것이 없다는 것을 알고도 이렇게 물었다. 자기 자신도 살아남아야만 했다.

망명 생활 중에 쓴 『관조』는 위고의 작품집 중에서 가장 탁월한 서정시집이다. 시의 일부는 20년 전부터 쓴 것도 있었다. 작품 속 감정 표현은 겉으로는 주관적으로 보이지만, 실은 매우 객관성을 지향했다. 그는 '사랑'도 개인적 차원에서 전 인류와 우주적인 차원으로까지 확산된다. 그의 개인적인 서정주의는 늘 보편적인 서정주의로 확대되었다. 후기에 이를수록 그는 "시인의 본분은 개인적 영감과 시적 미의 탐구보다도, 인간의 행복을 위해 봉사하고 하느님의 품 안에서 행하는 인간의 완성과 구원을 향한 앙가주망Engagement, 현실 참여이라고 생각했다. 그러므로 시인은 개인적 사상과 감정의 표현뿐만 아니라, 모든 인간의 목소리와 자연의 목소리, 하느님의 목소리를 대변하는 자라는 믿음을 가졌다.

이런 믿음의 소유자 위고에게 환희와 고난은 늘 동시에 찾아왔다. "책이 나오기도 전에 들리는 소문이 엄청나오. 10개 신문이 출간한다는 소식을 일제히 발표했소." 폴 뫼리스가 위고에게 써 보냈다. 위고는 신속한 행동이 필요했다. 발행인 헤첼은 두려워했다. 그는 출판을 질질 끌고 있었다. 위고는 말했다. "조국에 평화가 임하기를! 또한 영원히 유지되기를! 어차피 나에게 위기는 상존하고 남는 것은 오직 책뿐이니." 시집을 출간하면서도 위고는 독재자에 대한 저항을 놓지 않았다. 「라 프레스」지와 「르 시에클」지의 기사는 누가 쓸 것인가? 그는 기다려야만 했다. 그래도 발행인 헤첼을 믿어야만 했다. 다시 편지를 썼다. "내 마음이 어떤지 잘 아실 거요. 『관조』는 분명 정치적 성향이 있소. 하지만 선생, 그동안 우리가 일깨운 민중을 또다시 잠들게 할 순 없소. 이점 각별히 말씀드리오."

위고는 라마르틴느의 기사를 믿었다. 하지만 그는 묘연한 말로 얼버무렸다. "빅토르 위고 선생이 막 출판한 『관조』라는 두 권의 시집을 톺아보았소. 동시대의 시인이자 옛 친구 시인의 작품을 평가하는 행위는 시인에게 어울리지 않는다. 내가 비판하면 경쟁으로 의심들 할 것이고, 만일 칭찬한다면, 다들 우리가 지상에서 인지하는 두 가지 가장 큰 힘, 즉 천재성과 불행에 대한 찬사로 여길 터이므로." 생트-뵈브는 염장을 질렀다. "위대한 재능을 지닌 시인이라는데 동의할 순 없으나 … 하여튼 이제부터 그의 이름은 전쟁의 씨앗이 될 것이오."

위고는 분개했다. "그토록 고상한 척 하는 이들이 … 질투인가? 아니면 나의 정치적 견해에 대한 적의인가?" 그래도 조르주

상드의 호의적인 기사가 그를 위로했다. 그는 이렇게 결론 지었다. "위고 선생, 당신이 그토록 용감하게 맞짱 떠 싸워온 어둠의 영혼들을 물리칠 때가 되었소. 그 무덤에서 이제는 손을 떼시오." '간악한 이들'은 여전히 있었다. 귀스타브 플랑쉬, 한 때는 동지였으나 어느 때부터인가 「라 르뷔 데 되 몽드」 지에다 복수의 글을 써댔다. 위고는 분노의 펜을 놓지 않았다.

나는 속으로 말했소, 이 사람은 어릿광대인가
그를 불쌍히 여겨야 하지 않을까? 의미가 없어졌는가
그래서 그는 이해하지 못할까? 날 때부터 눈이 멀었는가
말더듬이? 귀머거리? 보잘것없는 고집은 어디에서 오는가
모든 천재성과 모든 영광과 각광을 무시하고
별빛을 흐리게 하고 등불을 끄려 하며
그러니 찢으라, 비방하라, 모욕하라, 상처를 내라, 밤이여
밤부터 모든 빛을 욕하며 가버려라, 오 비참하오
나는 보았소, 그대의 눈, 그대의 등, 그대의 척추, 그대의 등짝
납작한 두개골, 역겨운 배…
[…]나는 하느님 없는 그대의 마음, 대야도 없는 그대의 방을 보았소
꾀꼬리의 지저귐에 화를 내는 당신을 보았소
언제나 인상을 찌푸리고 항상 주먹을 불끈 쥔 당신을.

헤첼은 누누이 출판 연기를 조언했다. "더구나 어떤 큰 성공을 거둔 후에는 그 성공에 대해 시기하는 무리가 너무 많소. 『하느님』과 『사탄』까지 『관조』로 인해 무지한 반대파들의 표적이 될 것이오."

위고의 고통은 늘 숙명이었다. "산다는 것은 글을 쓰는 것이고 살기 위해서는 글을 써야 한다. 모든 적을 물리치기 위해서는 헤첼의 말에 귀 기울이는 것도 좋지만, 나는 늘 다르게 시작하고, 예견할 수 없는 것을 만들어야만 한다." 글을 쓴다는 것, 위고에게는 언제나 전투였다. "보나파르트가 계속 『레미제라블』을 핍박하면 나는 프랑스에서 문학을 닫겠다. 대신 프랑스 밖에서 『꼬마 나폴레옹』과 『관조』를 가지고 전투를 벌이마."

그럼에도 늙음은 또 다른 위협이었다. "노년에 이르고 죽음은 다가오는구나. 또 다른 세상이 나를 부르노니. 모두 나에게서 떠나가라. 모두가 순탄하여라. 각자 자신의 길을 가거라. 이제 헤어질 때가 되었으니, 나도 내 갈 길 가야 하노니." 다가오는 죽음을 두려워한 것은 아니다. 그는 '숭고한 관조'에 잠겨 죽음을 바라보았다. "그 그림자, 그 무덤이 무엇인지 이제는 알 것

같구나. 다만 확신컨대, 삶의 방향, 그 명확성에 대한 소망은 헛되지 않으리라."

'날벼락'은 늘 위고의 몫이었다. 편지가 도착했다. 첫 손주 조르주가 뇌수막염으로 사망했다는 소식이었다. "장남 레오폴과 어쩜 이토록 같은 운명인가?"

오 어머니들이여! 요람은 무덤과 통한다오
영원은 한 가지, 그 이상 신성한 비밀을 간직하고 있으니

전투적인 작가 빅토르 위고, 그는 『관조』를 통해, 슬픔, 고통, 그리고 영원을 말했다. 그는 삶의 숙명을 절규하면서도, 시인의 위대한 에스프리를 도도하게 지키고자 했다.

고맙소, 시인이여
경건한 내 고향집 문턱에
어느 신과 같은 손님처럼
그대는 와서 베일을 벗고 있소
그대의 눈부신 시구들
그 금빛 후광은 둥근 별 무리처럼

내 이름 주변에서 빛나고 있소
노래하시오! 밀턴이 노래했소
노래하시오! 호메로스가 노래했소
감각의 시인의 슬픈 안개를
뚫고 나아가지만
눈먼 자는 어둠 속에서
광채의 세상을 보고 있소
육신의 눈동자가 꺼지면
정신의 눈동자가 켜지는 법이오

빅토르 위고, 그는 개인의 슬픔과 상처는 사회의 진보를 위한 예술 안에서 아물어야 한다는 소신이 있는 시인이었다. 그리고 시인의 눈길은 언제나 민중을 향해야 한다고 생각했다. 딸레오폴딘느의 죽음의 슬픔을 딛고 일어나, 작품에 몰입하며 매주 배고픈 아이들에게 저녁 식탁을 마련해 준 사실도 이와 무관하지 않다. 랭보의 말대로 빅토르 위고는 '관조하는 투시자'라는 평을 받으면서도 아이러니하게도 "완전한 인간이 되고 싶다면 위고를 읽으시오."라고 말한 말라르메의 말마따나 그는 영원한 휴머니스트이며 로망티스트였다. 『노트르담 드 파리』에서 『레미제라블』까지, 거기서 『관조』까지.

그리고 언론의 자유와 사형제도 반대, 극좌 사회 저항세력인 파리코뮌 가담자들의 사면을 위한 투쟁, 그리하여 노년의 『관조』에 이르기까지, 빅토르 위고는 과연 19세기 낭만주의의 대가, 민중 작가의 별이었다.

어느 가련한 남자가 서리와 바람 속을 지나고 있었다
나는 내 유리창에 기대어 있었다
그는 내 문 앞에 멈추어 섰다
나는 정중히 문을 열었다
당나귀들은 안장에 웅크린 농부들을 태우고
시내의 장에서 돌아오고 있었다
비탈길 아래 움막집 노인
애당초 푸른색이었을 죄다 벌레먹은 그의 외투는
따사로운 난로 위에 넓게 펼쳐졌고
숯불의 빛으로 수천의 구멍들의 뚫려 보인 채
난로를 덮고 있었다
검은 하늘처럼 보였다
그가 빗물과 웅덩이들의 물에 흥건히 젖은
이 안쓰러운 넝마를 말리는 동안
나는 그가 기도로 가득찬 남자라고 생각했다

그리고 나는 그의 승복을 바라보았다
거기엔 성좌들이 촘촘히 박혀 있었다

위고의 눈은 부리부리하였으나 표독하지 않았다. '비탈 길 아래 움막집 노인'은 민중이었다. 그리고 민중은 언제나 그리스도였다.

자유 La Libert

"애야, 꼭 기억하여라. 모든 것에 앞서는 것, 그것이 자유란다."

자유. 빅토르 위고, 그가 일곱 살 때 들었던 단어, 살아가는데 엄청난 굴레가 될 그 말을 이해할 수 있었을까? 그의 대부로 불렸던 빅토르 파노 드 라오리가 해 준 말이었다. 나폴레옹 치하에서 역모에 가담했다는 이유로 사형을 당한 장군이었다. 그는 일곱 살 어린아이에게 로마의 민중에 대한 이야기를 덧붙였다.

"만일 로마가 왕들을 옹호했다면, 그 로마는 결코 로마가 될 수 없었지. 애야, 단연코 자유란다."

어린 시절에 들었던 말을 가슴 속에 깊이 새기며 생의 마지막까지 그를 지탱해 준 것이 바로 '자유'라는 것을 인식한 것은 빅토르 위고의 영특함 때문이리라. 또한 자유를 말해준, 호메로스와 베르질리우스를 해석해 준, 아버지의 빈자리를 메워준 대부, 그가 형장의 이슬로 사라졌을 때에 위고가 발아래 천 길 낭떠러지로 떨어지는 것 같은 충격에도 성장의 자양분으로 삼았던 것도 자유란 말을 이해한 그의 명석함 덕분이리라. 후일 빅토르 위고는 "내게 미친 그의 영향력은 지울 수 없게 되었다. 권리와 의무를 대변하는 단어 '자유'를 외치며 죽어간 이의 음성을 들은 것은 결코 헛되지 않았다."고 말하는 것으로 보아, 라오리가 위고에게 자유에 대한 가치의 무게를 심어 준 것이 아닐까?

위고는 독서광이었다. 코르디에 기숙사 시절부터 형인 으젠느와 경쟁하듯이 독서하고 글을 써냈다. 그가 열일곱 살 되던 해 툴루즈의 백일장에서 황금백합상을 수상하면서 문재로서 등장하게 된 것도 다독의 결과일 것이다. 그렇게 시작된 작가로서 삶은 자신의 자유와 민중의 자유를 위한 글쓰기로 일관되게 헌신하는 것이었다. 뛰어난 작가가 되는 것이야말로 남에게 의지하지 않고 스스로 독립할 수 있는 길임을 깨달았고, 글을 쓸 때 무한한 자유로움을 느꼈다. 그래서 샤토브리앙의 추종자를 꿈꾸었으리라. 글을 쓰는 일은 그에게 삶의 고통과 혈육의 죽음을 이겨내거나 승화하는 힘을 주었다. 그는 글을 쓰는데 무서운 것이 없었다. 코르디에 기숙학교 고미 다락방 생활 이후 몇 년간 보아온 현실 문제를 폭로했다. 그것은 '자유주의자의 선언'이었다.

상원의 그레구와르가 빈자리를 채우러 왔을 때
자유주의자인 나는 그를 증오하고 왕을 처형한 자를 동정했네
독립은 멀고 나는 자유로이 살기를 외치노라
행복할 수 있다면, 내 무모한 펜의 공포 덕에
범죄자는 울부짖고 얼간이들은 오만상 찡그리게 하리라
원하노니, 그들의 법망을 피하는 뱃심을 말려 죽이기를
덕을 찬미하고, 천재에게 경의를 표해야 하리라

그는 과격한 자유주의자였다. 잇속에 따라 철새처럼 떠도는 백치들과 분명히 선을 긋고자 했다. 그었다. 그어야만 했다. 보들레르가 스스로를 알바트로스라고 일컬었던 것처럼 위고는 백치들 위에 외롭게 선 고고한 신천옹이었다.

그가 희곡 『에르나니』에서 기존의 틀을 깬 것은 자유의 선포요, 낭만주의의 예고였다. 고전 연극의 고정적인 틀을 허물었으니, 기존의 틀을 유지하는 것을 존재의 이유를 삼았던 당시 문학가들로부터 얼마나 많은 핍박과 비난을 받았으랴. 낭만주의를 일종의 '혁명의 씨앗'으로 보는 모든 이들의 표적이 되고도 남았다.

이렇게 자유를 향한 위고의 문학적 시도와 그에 맞서는 세력들 간의 전쟁은 생을 마치는 날까지 계속되었다. 마치 왕정과 공화정, 귀족과 민중, 부자와 빈민 간의 처절한 싸움이 지속되었던 그 당시 사회의 모습과 같이.… 그는 그러한 싸움을 작가로서 해야 할 숙명으로 받아들이고 당당히 싸우는 데 지치지 않았던 것도 그의 자유에 대한 확신 때문이었다. 그렇게 양심에 따라, 억압받고 가난한 사람들을 대변한 작품이 정치적인 핍박으로 이어져, 급기야 프랑스를 떠날 수밖에 없었다. 자유를 지키려는 망명 … 그는 추방이나 다름없는 망명을 기꺼이 받아들였다. 몇 년 후 망명 생활을 지루하게 여겨 떠나고 싶어 하는 아내 아델에게 말한다.

"시궁창의 행복도 행복이오. 나는 그런 것이 부럽지 않고, 이런 행복, 망명 생활이 좋소. 녹녹치는 않지만 그래도 자유롭소."

소중한 것을 지키는 데에는 감수해야 할 것이 있으니 바로 돈의 필요성이었다. 그가 1851년 벨기에로 갔다가 다시 영국의 저지, 건지에서 망명 생활 할 때에도 그는 평생에 걸쳐 돈을 세고, 돈을 저축하는 데 소홀함이 없었던 것도 그러한 이유 때문이었다. 망명자에게 돈이 없다면 많은 구속과 제약이 따를 수밖에 없는 현실을 파악했던 것이다. 망명지 건지에 오트빌하우스를 구입하고 거기에 많은 공을 들여 가꾸고 떠나지 못했던 것도 그곳이 자유와 안전을 주었기 때문이다. 손자들과 아들들이 궁핍에서 벗어나기를 바랐다. 그래서 위고 자신도 죽을 때까지 자유롭고 싶었다. 그는 계산하고 또 계산했다.

작가로서의 자유를 추구하는 그의 삶은 정치를 통하여 실현하고자 시도했다. 정치는 법으로 권력으로 강제할 수 있는 효과적인 수단임을 깨닫고, 민중에게 가난과 차별의 속박에서 벗어나게 하려고 하였다. 그러나 기득권을 놓지 않으려는 정치배들과의 싸움도 처절하였다. 위고에게 정치적 이해보다는 민중의 자유에 도움이 될 수 있는 노선을 오갔다. 그의 정치적 노선이 왕당파가 되었든 공화정이 되었든 민중의 삶에 도움이 되는 방향을 추구하였다. 상황에 따라서 자유주의자들에게 배척을 받기도 하였다. 자유주의자들은 나폴레옹에게만 열광하는 '과격파'라고 비웃었다. 위고의 선의가 오해를 받았으니 심적으로 고통도 컸으리라.

그의 자유를 위한 싸움의 방식은 철저히 비폭력이었다. 사회의 변화를 위해 유혈 사태를 바라지 않았다. 그는 세상의 부자들과 '금수저'들에게 경고하고, 자선을 부추기고 싶었다.

> 어둡고, 쓰라리고, 냉혹한 생각
> 가련한 자 가슴에 침묵으로 피어오르는데
> 부자들, 오늘만 행복한 이들, 오직 쾌락에 잠드는구나
> 바라건대, 그 쾌락이 가난한 자의 손에 든 것마저 빼앗지 않기를
> 거지의 시선이 꽂혀있는 곳, 넘치는 부자들의 재물들
> 오! 모두 다 자선이 되어야 하리니!

그래야만 혁명을 피할 수 있다는 생각이었다. 혁명은 민중들의 삶을 더 혹독하게 만든다는 것을 몇 차례의 혁명을 통하여 뼈저리게 알고 있었기 때문이었다. 「오드와 발라드」의 결말에 이렇게 썼다. "언젠가 19세기 정치와 문학이 한마디로 요약될 날을 기다리자. 질서 안에서의 자유, 예술 안에서의 자유!"

그는 문학과 정치에서 자유를 선택했던 것처럼 사생활에서도 그랬다. 20세에 결혼하면서 부모로부터 독립했지만, 결혼은 그에게 자유를 가로막은 도덕적 장벽이었으니, 그 걸림돌과 함께하는 삶은 생의 마지막까지 계속되었다. 부인이 죽은 후까지

내연의 관계가 지속되었던 쥘리에트와의 운명적인 만남, 미모의 여배우 레오니 비아르, 쥐디트 고티에, 블랑쉬 그리고 망명지에서 만난 많은 여인 심지어는 하녀들과의 내밀한 관계는 자유를 갈망하는 또 다른 삶의 방식이었다. 마침내 위고의 친구이자 아내였던 아델도 마침내 그에게 제한적 자유를 용인하였다.

"결혼이 가져다준 당신에 대한 권리를 착각하진 않을게요. 제 생각에, 당신은 소년처럼 자유로운 남자입니다. 가난한 친구, 나이 스물에 결혼한 당신, 저처럼 가난한 여자에게 당신의 삶을 묶어두고 싶진 않아요. 적어도 당신이 저에게 주는 것이란 솔직하고 모든 자유를 조건으로 주는 것이겠지요. 그러니 당신 자신을 괴롭히지 마셔요. 제 영혼 안에서 그 어떤 것도 당신에 대한 애정을 뒤바꾸진 못할 것을 믿으셔요. '제 나름' 견고하고 헌신적인 애정이에요. 나의 착한 빅토르여 안녕, 가능하면 당신 옛 여친에게 종종 편지해 주세요."

위고는 자신에게 주어진 자유, 스스로 선택한 자유를 자신의 쾌락에만 남용하지 않았다. 글을 통하여, 비참한 민중의 삶을 대변하는 다른 공간으로 확대하였다. 1851년 12월 혁명 당시 민중저항운동을 조직하였고, 사형제의 폐지를 역설하였으며 이탈리아의 자유를 향한 운동가 가리발디를 지원했다. 또한 미국의 노예제도 반대, 스페인의 공화정에 대한 요구 등 그의 자유를 지향하는 활동은 그가 망명 생활을 하는 동안에도 멈추지 않았다. 19년간의 망명을 마치고 파리에 돌아왔을 때 그는 군중에 둘러싸인 채 말을 이었다.

"두 가지 위대한 일이 나를 여기로 불러왔습니다. 첫째는 공화국, 둘째는 위험입니다… 침공에 맞서 공화국을 함께 둘러싸고 형제가 됩시다. 우리는 정복할 것입니다. 형제애로서 자유를 구할 수 있습니다."

자유를 꿈꾸는 그의 철학은 로잔 평화회의에서의 연설에서 명확하게 드러난다. 그가 자유에 대하여 품고 있었던 웅대한 관심은 삶을 받치고 있는 지지대였다. 사람들은 그의 투쟁을 이해했다.

"인간에게 필요한 첫 번째, 첫 번째 권리, 첫 번째 의무는 바로 자유입니다"라고 설파하였고, 기립 환호 때문에 그는 가끔 연설을 멈추어야 했다. 청중은 환성을 올렸다. "위고 만세!" 순간 그는 자신의 삶과 일, 겪었던 모든 희생이 군중의 환호와 자유, 평화, 공화국이란 이념에 대한 공감, 그들의 목표를 확인하는 것으로 보상받았다고 확신했다. 그는 자신을 길 위에 있는 돌에 불과하다고 말했다.

"나는 인류가 걸어가는 길 위에 있는 돌이다, 그러나 그것이 옳은 길이다. 사람은 삶의 주인도 죽음의 주인도 아니다. 사람은 자유를 증가시키면서 동료 시민들에게 인간의 고통을 줄이기 위한 노력을 제공할 수 있을 뿐이며, 불굴의 믿음을 하느님께 드릴 수 있을 뿐이다."

그는 종교적 틀에서의 자유를 바라고 평생 하느님의 존재를 고백하며 기도했다. 그가 죽을 때에 사제들의 기도보다는 민중의 축복을 원했다. 그러나 그는 한평생을 믿음을 잃지 않았다. 믿음보다도 비본질적인 종교적 틀을 거부했을 뿐이다. 그는 하느님의 존재를 믿지 않은 적이 없었다. 빅토르 위고, 그의 삶은 자유를 향한 여정이었다. 작가로서, 정치인으로서, 사상가로서, 한 인간으로서, 신앙인으로서, 한 가장으로서, 한 남편으로서, 한 아버지로서…

지옥이 사로잡고 있던 당신, 자유! 자유!
어둠에서 빛으로 오르라, 영원을 바꾸라!

민중 Le Peuple

낭만주의의 전사 빅토르 위고가 조르주 상드1804-1876와 라마르틴느1790-1869 같은 문학 천재들과 더불어 에스프리의 혁명을 꾀하는 데 '민중'은 중요한 열쇠였다. 그것은 종종 찬양으로 드러났다.

"위대하고 선량한 민중이여, 그대들은 천성이 영웅이오. 강한 하느님처럼 자상하오. 민중이여, 그대들은 통치할 수 있소. 부디 우애로 통치하시오."

"진정을 민중에게 바치시오. 그러면 민중 또한 진정을 그대에게 주리니."

위고는 이십 대 이후 일찍이 민중을 생각했다. 그리고 민중을 위한 글을 구상했다. 글을 위한 민중이 아니었다. 연극도, 시도, 소설도, 정치도 그렇게 진보해갔다. 『파리의 노트르 담』이 그러했고, 『레미제라블』이 그러했다. 『꼬마 나폴레옹』은 민중에 대한 연민과 사랑의 극치로 치달았다.

그는 말했네, 이 시대는 숭고한 물결을 타고 있다고.

그 어떤 것도, 담대한 다리들도, 지하 운하들도,

신 외에는 그 무엇도 멈추지 않네, 굴복하지 않네

날로 날로 위대한 민중 혹은 용 솟는 대양이여

그가 민중의 대변자를 자처한 것을 보면 그는 천상 1789년 대혁명의 핏줄이었다. 그리고 그는 언젠가는 꼭 뮤즈의 음성이 강해져 필시 역사의 흐름과 민중의 운명을 뒤바꾸리라 믿었던 몇 안 되는 시인이었다.

나는 시대의 아들이니!

[…]

깊은 적의로 압제를 증오하네

또한 들리느니, 세상 어느 구석에서엔가

험악한 하늘 아래, 살인적인 왕 치하에서

끝내 불복하며 부르짖는 민중들…

낭만주의는 이성에 의한 문학을 인간의 심장에 의한 문학으로 대치했다. 낭만주의는 독창성에다 에스프리, 즉 정신적 가치를 투여하고 거기에 환상을 구축했다. '발은 땅에, 머리는 저 높은 곳에 두고' 민중을 이끄는 존재들로 여겼다. 프랑스 낭만주의는 독일과 같은 순수 철학이나 독창적 형이상학과 손을 잡지 않았다. 그보다는 낭만적 행동주의에 따른 실용주의적이었다. 1830년 이후 낭만주의는 자유주의를 향하여 달려갔다.

빅토르 위고, 그는 민중을 투쟁과 진보의 주역으로 보았다. 1만 명 이상의 사상자를 낸 1848년 6월 23일의 혁명은 '일과 빵'을 외쳤다. 혁명이란 늘 희생을 전제했다. 낭만주의 작가들은 혁명에 대해 무거운 책임을 졌다. 1851년 12월, 나폴레옹 3세의 대통령 재선을 위한 개헌을 위한 쿠데타 당시 많은 낭만주의 작가들 역시 희생되었다. 위고는 살아남아 '민중'을 외쳤다. 추방은 되레 힘이 되었다.

"독재 군주에 대한 강한 증오, 그것이 바로 민중에 대한 깊고도 부드러운 사랑이오." 위고는 민주주의 공화제를 짓밟은 황제에 맞선 당랑거철사마귀가 수레바퀴에 붙어 저항함이 민중을 위한 일이라 확신했다. 그 무모함으로 그는 후일 벨기에로, 영국의 저지섬으로, 건지섬으로 추방의 여행을 떠난다. 아난케, 숙명이었다.

위고와 동시대에 '의인' 라므네1782-1854가 있었다. 사제이고 사학자이며 시인이었다. 진보적 일간지 「라브니르L'Avenir」 지의 창간자이기도 했다. 그의 신앙은 "교회가 앙가주망현실 참여에 눈을 감을 때 하느님은 주무신다."였다. 그는 독립교회, '민중 교회'를 세웠다.「라브니르」역시 '하느님과 민중을 하나로 연결하는 것'을 소명으로 했다. 로마 교황청은 당연히 일간지를 판매 금지 조치했다. 아랑곳하지 않은 라므네는 부자들의 영악함, 왕의 무능함, 자본과 야합한 교회의 부도덕을 고발하고, 민중의 권리를 선포했다. 1848년의 혁명을 준비한 장본인이었다.

낭만주의의 기수 위고는 라므네를 똑똑히 보았다. 그리고 1850년 이후, 마침내 민중의 신앙, 민중을 향한 휴머니즘을 외치며 미친 듯 글을 썼다. 위고는 신앙, 문학, 정치, 교육, 그리고 삶을 분리하여 보기를 원치 않았다. 문학인과 예술가들이 '가진 자' 편에서 알랑거릴 때, 신앙 지도자들이 하느님을 교회 울타리에 가둔 채 민중을 저버렸을 때, 높은 바리케이드를 친 '길 위의 정의'를 총살할 때, 위고는 그들을 경멸했다.

"망나니가 사형수의 오른손을 기둥에 묶은 뒤 손에 도끼를 드는 것을 보았다. 차마 쳐다볼 수가 없었다. 그는 감당할 수 없는 혐오에 휩싸였다. 군중은 '와아', 발작하듯 거친 소리를 지르며 발광했다… 이런 사회를 변호해야 하는가? 사람이 사람을 벌하자고 죽일 권리가 있는가?"

스물일곱 살 빅토르 위고, 그는 그레브 광장에서 집행된 처형을 여러 번 목격했다. 단두대는 그에게 깊은 공포심을 불러일으켰다. 그리고 소설 『사형수 최후의 날』을 썼다. "민중의 머리, 자, 문제는 이것이니, 그 머리를 경작하고, 물을 주고, 영양을 주고, 계몽하고, 교화한다면, 그것을 자를 일이란 없다. 단박에 결딴내는 것은 누구나 할 수 있는 짓!" 실제로 그는 1848년 2월 혁명 이후, 언론의 자유와 사형제도 반대를 위해 상원에서 무진 애를 썼다.

위고는 일찍이 그가 목격한 민중의 비참한 현장을 놓치지 않았다. 그 장면들은 그의 기억 속에 영원히 닻을 내렸다. 1851년 2월 릴에서 그는 노동자들이 밀집해 사는 비위생적인 주거지를 방문했다. 같은 시기 몽포콩에서는 불결하고 악취 풍기는 쓰레기더미에서 아이들을 위한 먹거리를 찾는 어머니들을 보았다. 파리에서 청소년기를 보낼 때는 빵을 훔친 죄 때문에 불에 달군 쇠로 몸에 낙인이 찍히는 젊은 여자의 비명을 들었다. 위고가 책에서 민중에 대해 수없이 말한 건 민중에 관심을 기울이는 데 그치지 않고 그들 삶의 개선을 생각하며, 분노와 격정을 작품에 담았다.

6월 혁명 중에도, 2월 혁명 중에도 그는 민중의 소리를 모두 들었다. "오 도시여! 비교할 수 없는 파리여!… 아, 네가 상처를 입고, 학살당하고, 소총에 맞고, 기관총에 맞고, 몰살당하고, 살해당하는 걸 보면… 나는 눈물이 나고, 오열하여 질식할 듯하며, 가슴이 콩닥거리고, 말을 잊게 하느니, 차라리 여러분과 함께 죽고 싶다, 나의 민중들이여!" 그는 시인이었다. 민중의 시인이었다.

파리, 끔찍하고도 쾌활한 전장. 안녕, 파리여
우리가 민중이고, 우리가 세상이며, 우리는 한 영혼이니

"저는 신의 규율인 고통을 이 세상에서 제거할 수 있다고 믿기보다는, 가난을 타파할 수 있다고 생각하고 또 그렇게 주장하는 쪽입니다. 의원 여러분, 잘 들으시오. 제가 말하는 건 가난을 축소하거나 감소하거나, 제한하거나 한정하자는 게 아니라 소멸하자는 겁니다. 나병이 사라졌듯이 가난도 사라질 수 있습니다. 입법자와 통치자들은 끊임없이 민중을 생각해야 합니다. 그렇지 않으면 대통령은, 의회는 아무짝에도 쓸모없는 것입니다." 1849년 5월, 가난에 대해 그의 의회 연설이었다.

위고는 민중을 위한 소설 『레미제라블』을 썼다. 15년의 세월을 거기에 바쳤다. 소설의 상당 부분을 망명 생활 중 집필했다. 또한 그는 민중을 개무시 하는 권력에 맞서 저서 두 권을 또 내

놓는다. 풍자문 『꼬마 나폴레옹』과 시집 『징벌』이었다. 그는 민중에게는 한없는 연민을, 황제 권력에는 공격을 퍼부었다. 그리고 국가의 주인인 민중을 끝없이 부추겼다.

아! 누군가는 말하리라. 뮤즈가 역사라고.
누군가는 캄캄한 밤에 목소리를 높이리라.
웃어라, 광대 같은 형리들이여!
[…]
탐욕스러운 이빨로 가난한 민중을 물어뜯는다
[…]
심장은 없고 얼굴은 둘인 비루한 자들은 말한다,
저런! 허황된 시인이라니! 구름 속을 헤매는구나!
그렇다 치자, 천둥도 구름 속에 있으니.

"부디 민중을 생각하시오. 민중을 신뢰하지 않는 것은 정치에서의 무신론자이오. 사다리를 올라가면 사다리를 당겨버리는 이들이 바로 당신들. 자신이 도달한 곳, 그곳에 민중이 올라가는 것을 막는 이들이 당신들인 것을 아시오." 47세, 1849년, 위고는 의회 연단에서 외쳤다. 민중을 속이고 탄압하는 자는 위고에게 악마였다.

우리는 민중들이 깨어있게 하리

[…]

우리는 하느님을 초대하여 무너뜨리리라

[…]

우리의 피가 흘러 당신의 진창에 괴는 것을 보게 되리라.

멀리 외로운 이국 땅 폭풍우 거친 저지 섬과 건지 섬, 추방자 위고에게 유일한 위로자는 정부 쥘리에트 뿐이었다. "사랑하는 분이여, 저 악명 높은 함정들이 당신에게 오히려 거대한 영감을 주는군요. 당신의 반역은 장차 큰 영광, 민중들에게 더 큰 가슴이 될 거예요. 숭고한 나의 빅토르, 내게 당신을 주신 하느님께 감사해요."

역사에 그 누가 있었던가? 민중에게 무릎을 꿇고 황제에게 눈을 치켜뜬 작가! 독재의 정권이 그를 경멸하며 죽이고 싶어 안달할 때, "로마의 시저는 원로들 손에 살해되었지만, 그리스도는 하인들에게 뺨을 얻어맞았다. 모욕이 심할수록 하느님을 가까이에서 느끼는 법이다." 숭고한 말로 일갈한 남자!

우리처럼 역사는 하수구 같은 시기가 있소
그곳에 당신들을 위한 식탁이 놓여있소

[…]

민중과 개들에겐 멀찍이 뼈를 던져주는
모든 탐욕스런 인간들, 모든 향락에 절은 인간들
길바닥보다 더러운 요행의 왕자들
걸신들린 아첨꾼들, 배불뚝이 전하 씨

그의 시는 언제나 살아서 이글거렸다. 민중을 사랑하고 일깨우는 일은 그의 천형이었으므로. 그에게는 지상의 민중뿐만 아니라 지하의 민중도 그러했다.

"오 민중이여! 어둠에 잠든 자들이여, 언제 일어날 셈이오?"

그는 대양의 남자였다. 그는 에스프리 없는 글은 쓸 수 없었다. "민중 문학, 바로 그것이다. 그렇다, 정신이다! 쓸모 있어야 한다! 산다는 것은 참여하는 것이다!"

그는 거친 숨을 몰아쉬었다. 주치의가 말했다. "폐울혈 아닐런지요?" 위고는 답했다. "이것은 낮과 밤의 전투요." 그리고 이제는 전투에서 지고 싶었다. 손주 조르주와 쟌느가 왔다. 그는 몸을 곧추세우려고, 시트 아래 앙상해진 손을 빼내려고 애썼다. "검은빛이 보이는구나." 시나브로 그는 천천히 빛을 향하여 미끄러져 갔다. 1885년 5월 22일 금요일 오후 1시 27분이었다. 민중의 지팡이 빅토르 위고, 그는 눈을 감았다.

파리의 민중들이 몰려들었다. 밤이 찾아왔다. 그들은 눈물을 흘렸다. 그리고 다함께 노래를 불렀다, 가브로쉬대혁명 당시 저항군을 돕다가 죽은 소년처럼. 포도주를 마셨다. 식사를 했다. 그리고 추모시를 낭독했다. 민중의 남자 빅토르 위고를 위하여!

[…]
당신은 우리와 함께 영원히 있을 것이오! 이 기념비 아래에 누워
부글부글 끓어오르는 강렬한 파리에서
종종 폭풍우로 어두워지는 하늘 아래
[…]
대포가 굴러가는 곳, 군단이 지나는 곳에서도
민중이란 모름지기 저 바다와 같으니

터덕터덕, 그는 가난한 민중의 영구차에 실려 천천히 팡테옹으로 갔다.

고독 La Solitude

너무나 자주 고독과 함께 잠들었기 때문에
내게 고독은 여자친구 같았지,
달콤한 습관이 되어버린 나의 고독은
한시도 날 떠나지 않네
그림자처럼 충실하게, 여기저기, 세상 구석구석까지…

조르주 무스타키Georges Moustaki의 감미로운 선율만으로도 고독이 밀려오는 듯하다. 한평생 빅토르 위고만큼 고독과 외로움에 둘러싸여 산 사람이 또 있을까, 그리고 83세로 세상을 떠날 때까지 고독을 친구처럼 지내온 사람이 또 있을까? 어린 시절, 외로움은 그의 분신과도 같았다. 위고의 어머니 소피는 아버지 레오폴과의 불화로 가정을 떠나서 어린 위고와 함께 있는 날이 별로 없었다. 어린 위고가 부모가 함께 있었던 날을 기억할 수 없을 정도였다. 어머니의 부재는 위고에게 외로움이란 단짝을

붙여주는 결과를 가져왔고, 어쩔 수 없이 위고의 아버지 레오폴
이 나폴레옹의 장군으로서 스페인으로 이탈리아로 독일로 이
동하는데, 위고도 함께 따라다닐 수밖에 없었다. 훗날 위고에게
서 들은 이야기를 바탕으로 기록한 생트-뵈브는 이렇게 썼다.

"통통하게 살찐 예쁜 천사 얼굴의 세 갓난아이를 투구 속에
넣고, 엄마의 보호를 받으며 가볍게 행군하는, 말하자면 거인
전사 같았다."

위고가 자신의 유년에 관해 말하고 싶었을 때, 엄마 역할을
대신한 군인 아버지를 떠올렸다. 이렇게 덧붙였다.

아이야, 둥둥둥 북 위에 내 요람이 놓였구나
나를 위한 철모 속에서 성수가 나왔지
한 군인, 호전적인 군단은 나에게 그늘을 드리웠네
낡은 깃발을 자른 낡은 천 조각으로
내 요람의 모포를 만들었다네.

위고는 어린 시절 형들과 더불어 경험한 것을 기억하며 말했
다.

"…가족은 빠르게 흩어지고, 폭풍이 닥쳤다. 아이들 엄마는
사무친 것이 많고, 아이들 아빠는 성격이 불같았다. 아빠가 있

을 때는 엄마가 없었다. 둘을 한꺼번에 본 적이 없다! 가족이라는 몸통을 본 적이 없으니, 어떤 사고가 겨우 형성되고 나면 소멸하고, 또 그 사고는 다른 사고를 몰아내고!"

아마도 세상에 그러한 고독과 불안과 걱정은 흔치 않으리라. 위고가 서너 살 때, 위고의 어머니는 몽-블랑 로에 있는 학교에 위고를 보냈는데, 서너 살 먹은 빅토르를 집사의 딸 로즈가 자기 방에서 돌보았다. 로즈는 빅토르를 교실 창문 앞에 데려다주었다. 그리고 그날 비가 내려 파리 거리가 온통 잠겼다. 아무도 빅토르를 데리러 오지 않았다. 기다려야 했다. 불안 그리고 버려진 느낌으로. 상상할 수 있겠는가, 비 오는 날 밤 어둠속에서 아무도 데리러 오지 않는 데서 오는 절망감, 공포감을. 거기 아버지는 없었다. 그리고 엄마 역시 부재. 위고는 그런 아이였다. 자기를 돌보는 이들이 그를 안심시켜놓고는 사라지곤 하여 버림당할까 하는 두려움으로 늘 슬픔에 휩싸였던.

위고에게 가족이라는 둥지는 부서지고 있었다. 열 한 살인 형 아벨은 고등학교 기숙사생이 되어 떠났다. 식구들은 클리쉬 로의 아파트를 떠나 생-자크 로 250번지의 더 작은 아파트로 이사했다. 형이 떠나고 둘은 차례로 방치되었다. 게다가 소피는 빅토르와 으젠느를 데리고 낯선 집을 찾아갔다. 푀이앙틴느의 막다른 골목이었다. 양옆으로 생-자크 로 261번과 263번이 있었다. 나뭇가지들이 길목 한쪽을 뒤덮고 있었다. 12호의 집에 다가갔다. 드디어! 철 대문이 열렸다. 마당 깊은 집이 눈에 들어왔다. 드넓은 정원과 방들, 포도원, 마로니에 오솔길, 마른 정화조, 그리고 정원 깊숙이 반파된 옛날 제단을 가리고 있는 거목들이 있었다. 이곳에서 살았던 경험은 위고의 문학적 상상력의 산실이 되었고, 잠시나마 고독에서 벗어나는 자유세계였다

태생적인 고독이 삶의 여정에 늘 함께하였다. 천재는 외로움의 대상이었던가, 시, 소설, 희곡에서 독창적이었고 혁신적이었던 그는 다른 문인들의 시새움과 부러움의 대상이었다. 그래서 늘 외로웠고, 혼자서 싸워야만 했다. 오늘날 누구나 알고 있는 작품을 세상에 내놓았을 때도 비평은 혹독했다. 한때 호의적이었던 문인들도 갑자기 적대적인 비평을 쏟아부었으니 위고의 심정은 배반감과 실의에 젖었던 것도 사실이다. 그러나 위고는 그것을 견뎌내고 사회를 향해 목소리를 내는 것이 고독하지만 작가의 의무요 소명이라 여겼다. 그는 글을 쓰지 않고는 살수가 없었다. 글쓰기는 고독에서 벗어나는 방법이기도 했다. 그는 종종 자신이 사랑했던 사람들, 자녀들, 아내, 쥘리에트 역시 자기 일을 위해 희생시켰다는 느낌이 들곤 했다.

'나는 여기에 있고…나는 일한다. 사람들은 나만 홀로 남겨두

었다. 방치, 그것은 노인의 숙명이다. 나는 여기서만 일을 잘 할 수 있다. 가족은 나의 행복이다. 가족과 일, 행복과 의무 사이에서 선택해야 한다. 나는 의무를 선택했다. 이것이 내 삶의 법칙이다. 나는 내 기쁨을 위해 이 땅에 온 것이 아니다. 나는 의무에 묶인 일종의 야수같은 족속이다. 그리고 지금 내게 주어진 시간은 점점 짧아지고 있고, 내가 해야 할 일을 마저 끝낼 수 있을지 모르겠다.'

형, 으젠느. 형제마저도 위고의 경쟁자였고, 아버지 또한 내연의 처에 빠져 자식들에게 소홀했다. 위고에게 어머니는 유일한 지지자였고 고독의 탈출 경로였지만, 위고가 열 아홉 살, 결혼도 하기 전에 세상을 달리했으니, 위고에게 고독은 운명이었다. 위고가 결혼하여 자녀를 낳았지만 자식 복이 없었다. 큰아들은 낳은 지 몇 개월 안 되어 죽었고, 딸 레오폴딘느는 결혼한 지 몇 달 안 되어 익사하고, 아들 샤를르도 갑작스레 죽고, 얼마 안 있어 막내아들 프랑스와-빅토르도 죽게 되며, 막내딸 아델은 20대에 신경쇠약과 정신착란으로 떠나버렸다. 아내 또한 위고가 50세도 되기 전에 명을 달리했다. 가족사를 보면 이보다 더 큰 상실감과 고독한 삶이 어디 있으랴!

위고는 83세까지 살았지만 그 과정에 가족의 죽음, 문학계에서는 비판의 중심에 서 있었으며, 정치적인 고립, 수시로 찾아오는 통증, 망명 생활에 지친 가족들의 떠남으로 인한 외로움은 위고를 한없는 고독과 슬픔으로 몰아넣었다. 그가 고독을 운명으로 받아들였던 것은 지식인으로서의 소명 때문이었다. 그 고독을 견뎌내게 했던 것은, 개인적인 불행과 고난을 뛰어넘을 수 있었던 것은 민중의 삶이 존중받는 사회를 지향하는 세계시민으로서의 책임감 때문이었으리라. 1859년 나폴레옹 3세는 추방된 자들에 대한 사면을 선언했다. 살인자가 살해된 자들을 사면하고, 범죄자가 무고한 사람을 용서한 꼴이 되어버린 사면을 위고는 거부했다. 건지섬에 피신했던 망명객의 2/3가 파리로 돌아가기로 하였다. 위고는 망명지에서 고독한 신세가 된 것이다.

'현재 프랑스의 현 상황 속에서, 절대적이고, 바꿀 수도 없고, 항구적으로 항의하는 것, 그것은 나의 임무이다. 내가 한 약속에 충실하고, 내 양심에 따라 나는 망명의 끝날까지 자유와 함께 할 것이다. 자유가 돌아오는 날 나도 돌아갈 것이다.'라고 다짐한 것은 그해 오트빌하우스에서 위고가 한 다짐이었다. 그런 자신의 모습에 자부심을 느꼈고 어떤 대가를 치루더라도 자신의 운명에 충실하리라 되뇌였다. 망명 당시부터 그래왔으니까. … 망명자에게 내린 사면령에도 굴복하지 않았던 세기의 양심적 작가, 지식인, 과연 오늘날 그런 사람을 어디서 볼 수 있을까!!

> 나는 '죽음'도 '수치', 둘 다 보았소
> 어스름한 숲 속 깊은 곳을 해질녘에 걸었소
> [...]
> '수치'가 내게 말하길, 내 이름은 기쁨
> 나는 행복에게 다가갔소, 오라, 황금, 자줏빛 옷감, 비단
> 많은 파티, 호화로운 궁전들, 사제들, 광대들
> 웅장한 천장 아래에서는 승리의 웃음
> 서둘러 그들의 돈 자루를 열어젖힌 풍요로움
> [...] 이 모든 것은 너의 것, 오라, 넌 나를 따르기만 하라
> 그리고 나는 행복에게 대답했소. 당신의 말에서 나쁜 냄새가 나오
> 죽음이 나에게 말했소, 내 이름은 '의무'요, 난 갈 것이오
> 고뇌와 기적을 거쳐 무덤으로.
> 나는 그에게 물었소. 당신 뒤에 자리 있소?
> 이후, 신이 나타나는 어둠을 향해 돌아서
> 우리는 깊은 숲 속으로 함께 길을 떠났소

"이 가혹한 고독이 바로 내 작업 여건이었다. 내 앞에 시간이 얼마 남지 않았으니, 나는 일이라는 의무를 다해야 한다."

19년의 망명 생활을 접고 귀국하며 그가 한 말이었다. 귀국한 후에 고독에서 벗어났을까? 아니, 빅토르 위고의 고독이야말로 그의 삶, 창작의 원천이었는지도 모른다. 불문학자 이규식은 말했다.

"빅토르 위고의 창작의 원천은 무엇일까? 무수한 질문을 통해 얻은 나의 결론은 이것일 수 밖에 없었다. 고독! 위고에게는 고독이 자신의 구원이 되었다. 외로움으로 인해 일상의 타협에서 그를 지켜냈고 고독은 일종의 받침대 위에서 세상을 직면하게 해 주었다. 자신이 우주에게 이야기하고 있다는 감정을 느꼈고 여러 세기와 대화한다고 생각할 수 있었다. 자신의 영혼을 팽창시키고 그 이전의 누구도 역사 안에서 채우지 못했던 이 독특한 사명에 적응하기 위하여 목소리를 부풀려 나갔다. 폭군에 맞서는 정의의 어조였으며 미래를 창조하는 표현을 일굴 수 있었다. 특히 건지섬에서 위고의 거처였던 오트빌하우스 정착 그리고 프랑스가 까마득히 내다보일 듯한 바다를 정면으로 마주하면서 외로운 작업을 지속한 집필실 룩 아웃은 이 시기 위고 문학 창작의 산실이 된 것이 분명하다."

위고 자신도 말했다.

"고독, 위대한 에스프리에는 더없이 좋은 것, 그러나 찌질한 에스프리에는 더없이 나쁜 것이다. 고독은 자신이 빛을 비추고 싶지 않은 뇌들을 뒤흔들어 놓는다."

그렇게 고독은 그의 존재 이유였고, 그를 비추는 꺼지지 않는 외로운 빛이었다.

리비도 Libido

막스 갈로는 저서 『빅토르 위고』에서 위고의 일생을 관통하는 은밀한 성적 행동을 적나라하게 묘사하고 있다. 문학사에 길이 남는 위대한 작가의 작품에서 볼 수 없었던 위고의 사적 자취를 생경하면서도 의심스런 눈빛으로 보게 된다.

우리의 마음속에는 우리가 모르는 세계가 있다. 프로이드 S.Fraud가 이를 비의식Unconscious이라고 명명했다. 리비도는 비의식에 속한 본능에서 나오는 성적인 에너지로서 나이에 무관하며, 쾌락 원칙에 따라 욕구 충족만을 필요로 하는 특성을 가지고 있다. 위고에 있어서 리비도는 일생을 통하여 사생활과 작가로서의 활동에 영향을 미친다

위고는 형 으젠느와의 경쟁에서 아델을 차지하고 마침내 결혼식을 올린다. 으젠느는 상실감과 패배감에 미쳐 날뛰어 결혼식은 난장판이 되었다. 그러나 위고는 그런 상황을 외면하고 결

혼 초야를 쾌락의 정점에서 보낸다.

"방을 향해 발자국을 옮기는 동안 '욕망'은 그런 소심을 멀리 쫓아냈
다. 그녀의 손과 어깨, 그리고 허리를 끌어안았다. 마침내 그녀의 발
목과 종아리, 그리고 엉덩이를 애무했다. 제정신이 아니었다. 아델
은 널부러졌다. 온몸을 맡긴 채 신음소리를 울리며 두 눈을 지그시
감고 있었다. 감정을 추스릴 수가 없었다. 몇 년이었던가, 욕망의 세
월, 쌓인 진을 모두 빼며 부르짖었다. 첫날 밤, 첫 여자, 지칠 겨를이
없었다. 스무 살. 그녀는 열아홉. 숫처녀 숫총각이었다. 그녀를 갖고
또 가졌다. 숨 막히도록 끌어안았다. 고군분투, 한동안 바동거리다가
'익사'. 한참 후 몰아쉬는 거친 숨소리. 잠시 몸을 내버려 두었다. 그
리하여 아홉 번, 그녀의 깊은 곳 심연에까지 들어갔다."

리비도는 부정이란 개념이 없어 옳음과 그름을 구분하지 않
으며 상식적이거나 합리적이지도 않다. 인간이면 누구나 지닌
기본적인 욕망. 시간에 구애받지 않으며, 현실을 무시하고, 현상
간에 모순도 없다. 위대한 작가 위고에게도 예외는 아니었다.
위고가 아내 아델, 정부 쥘리에트와 깊은 관계를 유지하면서 또
다른 여성 레오니와의 관계를 맺는 상황 속에서도, 합리적이거
나 옳고 그름을 판단하지 않고 되뇌고 있다.

"스물둘이나 셋 되었을까 말까 할 금발의 여자를 얼핏 보고는 금세 반했다. 그녀를 생각하면 욕망과 작열이 일고 가슴에 '부활'이 임했으니…. 쥘리에트를 관리해야 했다. 만사를 숨겨야 했다. 두려움, 그의 외도를 알기라도 하는 날이면 아델이 돌이킬 수 없는 일을 저지를 수도 있다는 생각이 들었다."

프로이드의 '내재화된 대상관계'의 관점에서 위고의 여성 관계를 짐작해 볼 수 있다. '내재화'란 어린 시절 만나는 대상들을 나름대로 판단하고 인식하며 자신의 상상대로 대상을 만들기도 하여 그 이미지를 마음속에 자신의 일부로 지니게 되는 것을 말한다. 현재의 인간관계도 이미 과거에 만들어진 관계의 영향을 받는다'3 대상도 내재화하고, 대상과의 관계도 내재화할 수 있다. 위고가 태어난 1802년 위고의 어머니 소피는 나폴레옹 1세 당시 장군 라오리와 연인관계였다. 라오리가 역모에 연루되자, 그를 구명하기 위하여 소피는 갓 낳은 위고와 가정을 뒤로한 채 파리로 떠나버린다. 또한 위고의 아버지 레오폴 역시 카트린느 토마와 사실혼 관계를 유지하고 있었다. 어린 위고에게 부모의 혼외 내연관계가 내재화된 것으로 이해할 수 있다. 즉 '어른들은 결혼하고도 다른 남자 혹은 다른 여자들과 깊은 관

---

3 이무석, 『정신분석으로의 초대』, 2008, 110쪽

계를 유지할 수 있구나'라고 마음속에 새겨두었으리라. 그리하여 쥘리에트와 특별한 관계 관계를 오랫동안 유지할 수 있었을 것이다. 쥘리에트에 대한 위고의 경험은 단순한 쾌락을 넘어서고 있다.

"1802년 2월 26일, 1833년 2월 17일, 나는 그대 품 안에서 행복으로 태어났소. 앞날은 삶, 뒷날은 사랑이오. 사랑한다는 것은 살아가는 일 그 이상의 것이오."

그는 마침내 번데기를 터트리고 자유를 얻은 느낌, 소중함은 알았으나 그동안 단 한 번도 경험한 적 없는 능력을 비로소 얻은 듯한 느낌이었다. 그렇게 언제까지나 살고 싶었다.

영국의 정신분석학자인 클라인Melanie Klein, 1882~1960에 의하면 생애 초기, 유아기에 어머니와 맺는 관계의 질이 성인 이후에도 영향을 준다고 했다. 인간은 태어날 때 매우 약한 존재이기 때문에 누군가의 도움 없이는 생존할 수 없다. 태어나서 가장 먼저 만나는 대상은 바로 어머니 그리고 아버지이다. 그들의 보살핌이 있어야 안정을 찾고 불안에서 서서히 벗어나 성장과 성숙이 이루어진다. 하지만 위고가 태어났을 때는 어머니의 빈자리를 아버지도 채워줄 수 없었다. 아버지 레오폴은 혁명기의 장군이었기에 전선의 이동에 따라 위고를 비롯한 3형제와 함께 지내는 시간이 거의 없이 타인에게 맡겼다. 위고 형제들은 부모와 함께 있는 가정의 따스함을 느낄 여유가 없었다. 특히 위고는 따뜻하고 안정적인 어머니와 관계를 맺지 못했다. 리비도의 대상이 어머니에게서 자신에게 되돌아왔고, 유아 시절에 미해결된 과제를 성인이 되어서 발현되어 뭇 여성들을 접촉하게 된다.

위고는 여자를 소유할 때마다 욕구가 충족되고 욕망은 커져만 갔다. 수시로 껴안고, 쓰다듬고 또한 마음을 차지하고 싶었다. 깊은 심연에 빠지듯 쾌락에 빠져버리곤 했다. 어떤 위험이 있더라도 포기할 수 없었다. 점점 더 여자의 육체가 필요한 것 같았다. 그에게 사랑은 애무하고, 키스하고, 그러면서 새로운 삶을 관통하는 것이었다. 품어 안는 여자가 누구인지는 중요하지 않았다. 자신도 그런 점을 인정했다. 지식이 있던 없던, 조건이 어떻든지, 미모와 관계없이 여자는 그의 삶이었다. 여자는 그에게서 에너지를 끌어내는 존재였다. 그는 그러한 자기 행동에 대한 이유를 생각조차 하지 않았다. 그는 억누를 수 없는 욕망에 복종하고, 욕망을 충족시키는 것은 숨 쉬는 것, 식사나 글쓰기만큼 그저 필요한 일이었다.

위고가 1851년 정치적 이유로 망명길에 오른다. 파리의 연인들, 이웃, 가족을 떠나야 했다. 그리고 외로움과 고독함과 존재감을 찾는 유일한 방법은 여자들과의 접촉이었으리라. 망명지에서 만난 여자들의 당황하는 모습, 천진한 태도, 애수, 페티코트와 블라우스 아래의 촉촉한 살결, 하얀 피부, 부푼 젖가슴, 탄력 있는 허벅지를 좋아했다. 그는 어루만지고, 입 맞추고, 체취를 맡았다. 대화도 하고 함께 잠도 잤다. 껴안고, 가슴 깊숙이 파고들었다. 그것은 해수욕과 같았으며, 정화하는 것이었고 활력을 얻는 일이었다. 그는 해방감을 느꼈고, 몸은 유연해졌다. 당시 망명자들은 생탤리에의 '여인들'을 활용했다. 여자들은 오히려 자부심을 갖기까지 하였다.

　망명자 위고의 여성 편력은 변하지 않았다. 오히려 심해졌다. 프로이드는 인간 발달의 한 과정인 구강기에 엄마의 애정이 결핍된 경우, 오랫동안 손가락을 빨거나 자위행위와 같은 자기애적 행동이 심해진다고 했다. 위고는 세 번째 망명지 건지섬. 그곳에 오트빌 하우스라는 집을 구입해 살았다. 그의 나이 예순다섯. 직접적 성행위는 아니어도 바라보거나 상상하고 그리고 바보짓?을 하면서, 그러면서 열정적으로 글을 썼다. 그에게는 젊은 하녀들의 젖가슴이 필요했다. 하녀가 쪼그리고 앉아서 라운지에서 바닥을 청소하고 있을 때, 그는 그녀의 엉덩이, 그녀의 맨 팔을 보면서, 그녀의 허벅지를 추측하면서, 그녀의 발목과 종아리를 보면서, '종'을 치는 것을 자제할 수가 없었다. 그가 기록했듯이, 그런 '바보짓'을 했다.

그에게 밤은 점점 더 혼란스러웠다. 밤에 그는 다른 모든 여인에 대한 꿈을 꾼다. 그녀들의 다리, 허벅지, 발, 젖가슴에 대해서도 그는 꿈을 꾼다. 그는 잠자는 여인을 범하는 귀신이다. 그는 본능적으로 성적 쾌락을 즐겼다. 어느 밤 잠을 자다가, 그는 삐걱거리는 소리를 들었고 침대가 흔들리는 느낌을 받았다. 욕망이 그를 격렬하게 사로잡았다. 그는 일어섰다. 그는 하녀 중 한 명이 있는 작은 방으로 갔다. 청춘의 육체는 그를 진정시키고 고요함을 주었다. 또 어느 날엔가는 해 질 녘 하녀의 방으로 들어가 그녀의 젖가슴을 보여 달라고 요구하고는 수첩에다 기록했다. '스위스'는 우유 같은 피부, 분홍색 젖꼭지를 생각나게 할 것이다. 그는 그것을 알고 있었다. 그는 하녀에게 1프랑을 주었다. 그런 유희가 끝나면 시구를 썼다. 마치 그의 펜은 여자의 몸을 필요로 하는 수족 같았다. 성적 행위 뒤에는 영감이 불타올랐고, 아마도 글의 소재로 활용할 의도도 담겨 있었으리라. 만나는 여자들에 관한 정보를 자신만의 기호로서 표시해 기록하곤 했다.

"비서. 과부 마틸4명의 자녀가 있음, 난로, 스위스, 키스."

이처럼 그는 파리에 자신이 언제든 갈 수 있는 주소를 여럿 소지하고 있었다. 그는 매번 필요한 것을 얻었으며, 끝없는 욕구를 채웠다. 그리고 돌아와서는 자신이 무엇을 보았는지, 무엇을 했는지 낱낱이 기록했다. '안, 18세, 프레리 16번지. 난로, 5프랑 65수우. 아르쟝 로 3번지'를 더 좋아했다. 그리고 기타를 든 가난한 길거리 가수 같은 여성들이 그에게 다가가면 그는 그녀들에게 동전가수에게는 5프랑을 주었고 또한 자신이 원하는 것을 얻었다. 제공했고 제공 받았다. 그는 얻었고, 지불했다.

끊을 수가 없었다. 그렇다고 하녀들에게 그것을 강요하진 않았다. 그녀들이 동의할 때 일정 금액으로 보상했다. 늘 대가를 치렀다. 공손하게 그에게 인사하는 젊고 아름다운 여자들도 있었고 나이든 여자들도 있었다. 그녀들 중 고백한 내용을 수첩에 기록해 두곤 했다. "메 하 디초 께 우스테드 퀴에라, 하레.저는 당신이 원하는 어떤 것이라도 하겠어요." 그리고 그녀는 그의 아이를 갖고 싶다고 말하기조차 했다! 그러면 그는 그 비밀을 지키기 위해 스페인어로 모든 것을 기록했다.

그는 후회, 죄책감을 밀어냈다. 결코 여자들을 모욕하진 않았다. 그녀들은 멸시받는 팡틴느가 아니었다. 종종 그는 그녀들에게 몸을 보여 달라고만 요구했고, 애무하는 것을 허락해 달라고 청했다. 그의 몸짓이 하도 부드러워 그녀들이 놀라는 것도 잘 알고 있었다. 이런 중에도 그는 여자들을 존중하며 자신의 필요를 채웠다.

기록에 대한 그의 집념은 나이가 들어서도 여전했다. "나는 여기에 내가 20년 동안 매일 써온 동일한 장르의 모든 작은 목록으로 기록해 놓는다. 수수께끼처럼 보이는 특정 언급예를 들자면 에르베르트, T.17, 사르토리우스, 아리스토텔레스, 투리스 알베르나, 칼리토 몽테, 40명의 거인, C.R. 등은 단순한 참고사항이며, 오직 나만 이해할 수 있는 형태로 표시한 것이다."

그는 쥘리에트, 그리고 며느리로부터 외출을 금지당했으나 수시로 몰래 빠져나와 거리를 거닐었다. 이렇게 한 바퀴를 도는 일은 그를 노년으로부터 멀어지게 했으며, 젊음의 샘과 같은 여성들의 몸에 더 가까이 데려가는 여정이었다. 그때마다 스스로 자신에게 새로운 자유를 준 것처럼 행복을 느꼈다.

"그는 며칠 후면 자신이 일흔다섯 살이 된다는 것도 아주 잘 알고 있었다. 그는 자연의 순환에 맞춰져 있던 것처럼 그 이른 봄에는 힘이 넘쳐나는 느낌이 들었다. 그는 페이지를 훑어보았다. 자신이 여자들과 접촉한 것을 십자가로 표시해두었다. 83세, 1월 1일부터 표시해 둔 십자가 표시는 8개였다. 그해 4월 5일, 마지막 십자가가 될 수

있을까? 자신이 정말로 새로운 포옹의 필요성을 느낀 것인지 자문
했다. 사랑하는 것, 그것은 행동하는 것. "

죽는 순간까지도 여성에 대한 편력을 놓지 않았다. 대단한
리비도였다. 위고의 리비도, 생명 유지 혹은 종족 유지를 하기
비의식의 발현? 위고는 다섯 명의 자녀가 있었다. 큰딸 레오폴
딘느는 결혼한 지 채 1년도 안 되어 남편과 함께 센느 강변 빌
키에서 익사했다. 둘째, 셋째, 넷째 아들도 위고보다 앞서 갑
작스럽게 죽거나 병사했다. 게다가 막내딸 아델은 애인을 찾아
외국을 떠돌다 정신착란으로 병원에 감금되어 지냈다.

위고의 불행한 가족사를 생각해본다. 그리고 이해하기 어려
운 성적 편력을 짚어 본다. 또한… 그의 불후의 명작들, 정의로
운 그의 앙가주망…

리비도는 과연 그의 에너지의 원천이었을까? 자손의 유지 본
능이 무의식적 성애의 욕망으로 표출된 것일까?

관계, 그 너머

"나는 열렬히 지적 대화를 나눌 상대가 없었다네"

"그래서 혼자 맨발로 걸어가는 기분이셨군요"

"안타까운 일이네만, 필록테테스 이야기를 함께 나눌, 제자, 스승, 친구가 없었어"

『이어령의 마지막 수업』에서 우리 시대 최고의 지성'이라 불리는 이어령 교수가 남긴 대화이다. 그는 교수이자 작가였으며 문화부 장관을 지냈다. 시, 소설, 희곡, 수필 등 분야를 넘나들며, 우리 시대에 따뜻함과 올바름을 남기려 살았던 위인이었다. 그는 2022년 2월 26일 세상을 떠났다. 공교롭게도 137년 전 2월 26일은 빅토르 위고가 태어난 날이기도 하다.

위고는 아벨과 으젠느 두 형들, 삼촌과 고모, 외가 식구들… 외롭지 않게 가까운 친척들의 틈에서 자라났다. 그리고 어려서부터 함께 자라서 나중에는 부인이 된 아벨도 있었고, 아내 아벨과의 사이에서 다섯 명의 자녀까지 낳아 대가족 안에서 풍성한 관계를 유지할 수 있는 여건이었다. 하지만 위고가 어린 시절에 많은 추억을 지니며 살았던 바로 위의 형 으젠느는 경쟁자였다. 글쓰는 일에도, 연애하는 데에도 원수처럼 지낼 때가 더 많았다. 심지어는 형과 학교의 기숙사에 함께 살면서 아버지 레오폴에게 편지를 보낼 때에도 민감하게 신경전을 벌이기도 하였다. 민감하게 용돈 문제를 꺼낼 때 으젠느가 편지를 주로 편지를 썼는데 위고는 마지못해 사인이나 겨우 하는 정도였다.

결정적으로 사이가 벌어진 것은 으젠느의 질투였다. 아델이 위고에게 사랑의 증표로 보낸 그녀의 머리 타래에 입을 맞추는 동생을 보고, 으젠느는 달려들어 머리 타래를 잡아 뒤엎어 버렸기 때문이었다. 동생 빅토르 위고가 아델과 결혼을 하면서 으젠느는 정신이상 증세가 심해져 급기야 샤량통 정신병원에서 생을 마감한다. 거의 모든 면에서 형을 확실하게 제압한 위고. 문학계에 당당하게 입지를 다져갔으니 위고는 경쟁 관계에서 지는 법이 없었다.

소설, 희곡, 시에서 귀족보다는 인민, 왕정이나 전제적 체제보다는 공화주의적 지향을 담은 위고의 글의 세계는 동시대의 작가들로부터 끊임없는 비판과 질투를 유발하여, 그들과의 평화로운 공존적 관계를 어렵게 하였다. 하지만 다섯 번의 도전 끝에 아카데미 프랑세즈의 회원에 선출됨으로서 명실상부하게 학문 분야에서 확고한 위치에 서게 된다. 그럼에도 문학인들과 위고는 불편한 경쟁 관계속에서 평생을 보내게 된다.

천부적인 글쟁이였지만 문인들과 그리 돈독한 관계를 유지하지 못했다. 혜성같이 나타난 위고를 찬사보다는 질시와 비평을 쏟아냈기 때문이었다. 하지만 그가 문학에서 이루는 명성은 명예와 돈과 사랑에 중요한 기반이 되었다. 20세에 왕실로부터 은급을 받게 될 정도로 그의 문학적 재능은 인정받는다. 은급을 받으면서 왕이나 국가의 행사에 걸맞는 글을 써야만 하는 순간도 있었다. 글을 짜내야 하는 순간도 있었으리라.『크롬웰』 서문에서 밝힌 낭만주의에 대한 전주는 고전적 희곡의 틀을 고수하는 기존 작가들의 반발에 직면하지만, 타협하지 않고 자신의 길을 꿋꿋하게 나아갔다.

한때 위고 부인 아델의 연인이기도 했던 생트-뵈브. 그는 문학적 교류와 지지를 바랐던 위고에게 상처를 주었다.「에르나니」의 공연에 대한 생트-뵈브의 말은 위고에게 비수로 꽂혔다. 칭송하다가 원망을 쏟아냈다가 비난을 하는 생트-뵈브였다.

"선생이 시작한 이 싸움은 결과가 어떻든 선생께 엄청난 영광을 보장한 거요. 나폴레옹과 똑같은 셈이지요. 마치 나폴레옹처럼 불가능한 일을 시도하고 있지 않소? 선생의 삶은 끊임없이 모든 이들에게 시달렸잖소? 자유로운 시간을 빼앗기고, 증오는 폭발하고, 소중한 옛 우정들은 떠나고, 그 자리를 멍청이 또는 미친놈이 대신 차지했소. 이제 내 마음이 아프오. 지난날이 후회되오. 이제 고개를 숙여 선생께 인사하고 어디론가 종적을 감추어야겠소."

위고가 시집 『관조』을 출판하고 언론의 평을 기대하며 특히 라마르틴느의 기고 내용에 관심을 두었다. 그러나 라마르틴느는 "일반인들처럼 우리는 빅토르 위고씨가 이제 막 출판한 『관조』라는 두 권의 시집을 읽어보았다. 동시대의 시인이자 옛 친구였던 시인의 작품을 평가하는 것은 시인에게 어울리지 않는다. 비판은 경쟁으로 의심될 것이고, 칭찬은 우리가 지상에서 인지하는 두 가지 가장 큰 힘, 즉 천재성과 불행에 대한 찬사처럼 보일 것이다." 라고 한 발짝 물러서는 듯한 평에 실망을 한다. 라마르틴느의 입장에서 객관적인 서평이었지만 그것이 위고와의 부드러운 관계를 가져올 것이라고 보기는 어렵다. 에밀 졸라 역시 위고의 작품에 대한 호의적인 평가에 인색하였다.

정치와 권력에서 자신의 목소리 내기를 주저하지 않았던 위고는 정치꾼들과는 전략적 경쟁 관계였다. 때로는 타협이 필요한 정치에서 그가 추구하는 민중의 삶, 인간의 권리, 인간의 존엄권을 주장하는 데에 절충이 없었다. 정치세력과의 관계는 목적을 이루기 위한 수단일 뿐이었다. 30대 중반에 자작의 작위를 받고 레지옹 도뇌르 훈장을 받으면서 오를레앙 공작의 친구가 되어 정치계에 입문을 하게 된다. 43세에 루이 필립 왕에 의해서 상원의원이 된 이후, 46세에 우파 의원, 47세에 헌법제정 의원, 49세에 망명, 1871년 귀국하여 국회의원, 1872년 좌파 상원의원에 선출, 80세 되는 해에 다시 상원 의원에 선출된다. 정치에 영원한 친구는 없다고 하였던가? 그의 정치적 색깔은 시대에 따라 변하였지만 민중의 삶을 지향하고, 인간의 보편적 권리를 지향하는 것은 변함이 없었지만 정치가로서 위고는 외로운 존재였다.

위고는 문학인 연대나 정치적 연대를 통한 관계를 중요시하지 않았다. 관계를 통하지 않고서도 충분히 많은 것들을 얻었던 그는 양심에 거슬리는 행동보다는 홀로서기를 선택하였다. 그는 앞으로 나아가는 힘 자체였다. 그렇기 위해서 재정적인 측면에서 독립하려고 인생내내 수전노처럼 살았다. 자녀들과 아내 아델에게 절약을 강조하고, 정부 쥘리에트에게는 쥐꼬리 만한 생활비를 주고, 그녀에게 선물을 사주는 돈도 아까워 했던 그였다. 그러한 상황에서 가족간의 친밀감이나 우호적인 분위기를 유지하는 데에는 한계가 있었다. 위고가 19년 망명생활을 하는 동안에 가족간의 관계는 소원하여, 가족들이 벨기에, 파리 등에 떨어져 살게 되었고, 막내딸 아델은 가출하게 되었다.

그러나 민중에 대해서는 관심을 갖고 지지, 지원활동에 적극적이어서 매우 우호적인 관계를 유지하였다. 이탈리아 독립 운동가 가리발디를 지지 후원하고, 먼 미국 땅에서 사형선고를 받은 노예해방 운동가 백인 존 브라운 석방을 촉구하는 서한을 보내기도 하고, 망명지인 건지섬에서는 가난한 어린이를 위하여 식사를 제공했던 활동으로 미루어 보면, 위고가 추구하는 관계의 중심이 어디에 있는지 알 수 있다. 가족들에게는 인색하였지만 타인들에게는 매우 헌신적이었다. 특히 그의 1881년 유언에 '가난한 사람들에게 4만 프랑을, 다시 1883년에 5만 프랑을 전한다'는 말을 남겼다. 그러한 행동이 있었기 때문에 현재에도 여전히 독자들과 사상적 문학적 관계가 유지되고 있는 것이다.

위고는 여인들과 매우 친밀한 관계를 유지한다. 그 관계 속에서 열정을 찾아내고, 거기에 열정을 쏟아붓고, 거기서 열정을 발견하며 평생동안 지속했던 관계이다. 부인 아델보다도 더 오래 지속되었던 내연녀 쥘리에트는 위고의 평생 반려자, 보호자, 감시자였다. 그녀와의 관계는 영혼의 지지자이자 숭배자로서 관계로 발전한다.

위고, 그에게 친구가 있었을까? 줄곧 민중과 진보와 가족과 문학을 위하여 내달려온 그의 삶이 성공적이었을까? 위고의 삶에는 평생 가족, 친지, 지인, 문인들과의 경쟁 관계에서 오는 외로움과 고독함이 묻어난다. 하지만 한 발짝 거리를 두고 바라보면 사회에서 소외받는, 인간으로서의 권리가 무시되는 삶을 살 수밖에 없는 사람들과는 돈독한 관계를 유지했다. 가난한 사람들, 거리의 여인들, 힘없는 사람들을 지지하고 위로하는 따뜻한 인간적 관계는 죽을 때까지 이어진다. 그의 80번째 생일을 축하하는 인파가 파리 시내를 뒤덮고, 그가 죽은 후의 장례식이 인산인해를 이루었던 것은 그가 추구했던 가치를 사람들이 알았기 때문이 아니었을까? 현세에서보다는 그가 믿는 내세에서의 관계를 염두에 둔 진정한 신앙인의 혜안이 아니었을까?

"너희가 만일 자기에게 잘해주는 사람에게만 잘해준다면 칭찬받을 것이 무엇이겠느냐? 죄인들도 고스란히 되받을 것을 알면 서로 꾸어준다누가복음 6:33"

"1883년 8월 2일. 가난한 이들에게 5만 프랑을 전한다. 그들의 영구차로 묘지까지 가기를 원한다. 모든 교회의 추도사를 사절한다. 모든 영혼들에게 기도를 부탁한다. 나는 하느님을 믿는다. 빅토르 위고."

위고와 융

"내가 싸움을 멈추는 날, 그날은 내가 삶을 멈추는 날이 될 것이오."

한평생 사상적 전장을 누비는 행동 대장이었던 위고가 일흔 다섯 번째 생일에 축하객에게 말하였다. 시인, 소설가, 희곡작가 이면서 정치인이었던 위고는 행동하는 사업가였다.

"쇠가 달구었을 때 두드려야 하오. 그리고 다시 식히시오! 지금 저 렴하고 작은 형식의 판을 출판해야만, 당신은 첫날의 효과와 동력을 한층 더 강력하게 이어나갈 수 있소. 즉 책이 사람들의 심층을 파고 들게 해야 하오! 하지만 엄청난 분량을 구매한 엘리트보다 더 많은 권수를 구매하려는 대중으로 눈을 돌리시오…"

그는 휴식 시간을 활용하여 책을 읽고, 글을 쓰고, 회계를 확 인했다. "인세를 받아 벨기에 국립 새로운 주식 8주를 16,405프랑 90상팀에 매입하기로 결정했으며 1862년에 벨기에 국립은행 주식 231주를 샀다." 저작료 또한 꼼꼼히 기록했다. "335,915 프랑12월, 964,190 프랑1월, 999,791 프랑4월, …「르 라펠」지 배당금, 주당 250 프랑25,000 프랑… 로스차일드 은행에 46,073프랑을 입금."

위고의 성격을 두드러지게 보여준다. 스위스의 정신과 의사였던 융Carl Jung은 위고가 73세 되던 해에 스위스에서 태어났다. 인간의 성격에 관한 한 다양한 견해가 있는 것도 사실이지만, 위고의 문학적, 정치적, 사회적 활동과 개인 생활을 통해 성격적 특성을 짐작해 보는 것도 빅토르 위고의 삶과 작품을 이해하는 데 한몫을 하리라.

외향적인 관심 방향

융은 외향성을 관심의 방향이라고 하였다. 순간과 상황에 따라 변하는 것이 아니라 전 생애를 통하여 형성되는 방향인 것이다. 위고는 관심의 방향이 밖을 향해 있어서 외부 세계에 뛰어 들어 그것들과 관계 맺는 것에 주저함이 없는 특성이다. 위고가 어렸을 적, 어머니를 따라 프랑스에서 스페인으로 가다가 잠시 바욘느에 머물게 되었을 때였다. 성벽에 기대어 있는 집,

푸른 언덕받이 위, 뒤집힌 대포들 사이, 땅에 처박은 박격포 아가리 안에서 우리는 식전 댓바람부터 밖에서 놀았다. 주변에 관심이 쏠렸다. 이미 작가로서 성공한 이후에도 위고의 주변에는 늘 사람들이 들끓었다. 테오필 고티에, 알렉상드르 뒤마, 샤를르 노디에, 알프레드 비니, 시인이자 비평가인 생트-뵈브, '위고 찬가'를 작곡하여 헌정한 생상스, 화가 알로, 라마르틴느, 베리 공작, 리쉴리외, 루이 나폴레옹… 시기적으로는 차이가 있어도 문학가들과 정치인들 사이에서 평생을 살았다.

위고는 지독히도 오지랖이 넓었다. 나이 일흔이 넘어서도 사람들과의 모임을 지속했다. 매주 10여 명 남짓의 식객들과 저녁을 먹었다. 늙어 기력이 쇠했으나 여전히 헌신적인 쥘리에트의 도움으로, 루이 블랑, 쥘르 시몽, 강베타, 클레망소, 플로베르, 에드몽 드 공쿠르, 방빌, 그리고 알리스, 에두아르 록로이가 종종 함께했다. 이들 말고도 쥘리에트에게는 매일같이 먹여 살리는 다섯의 '상전들'과 다섯의 하인이 있었고 상시 초대객들이 있었다.

그는 늘 사람들의 시선 중심에 서 있었으며, 이는 어려서부터 익숙한 일이었다. 여자친구 아델의 그네를 서로 밀어주겠다고 형 으젠느와 종종 다투었다. 죽어라 싸웠다. 맞고 패며, 멍이 시퍼렇게 들도록 주먹을 날리며 시간을 보냈다. 모두가 행복한 날들이었다.

그는 에너지가 넘치는 사람이었다. 코르디에 기숙학교 시절, 그는 한시도 가만히 있지 않았다. 수업 중에는 마당놀이가 있었다. 늘 싸웠다. 으젠느가 두목이었고 친구들을 '송아지들'라고 불렀다. 빅토르는 다른 친구들을 불러 모았다. '개 떼'와 '송아지 떼'의 전투가 이어졌다. 다들 죽어라 싸웠다. 기숙사 외출 기간에는 으레 싸웠다. 학생들은 마치 적군의 사냥개처럼 뛰쳐나갔다가 뒤돌아오곤 했다

그는 자기 주장을 하며 다른 사람들의 이목을 끄는 데 능숙했다. 큰형 아벨이 주관하는 문학 연회에 위고는 자신의 시에 관해 말했다. 문학 파티 참석자들에게 공동 저서 출간도 제안했다. 그는 2주 간격으로 작품 한 편씩 쓰기 내기를 걸기도 했다.

위고는 평생 의욕적인 활동을 멈춘 적이 없었다. 작가로서 사회 참여를 몸소 실천해야 한다는 그의 철학으로 주변의 일에 끊임없이 관심을 두었다. '다르게 행동하는 것'을 주저하지 않았다. 1848년에 2월 혁명이 일어나자 위고는 보궐 선거에서 국회의원으로 당선되었다. 그리고 루이 나폴레옹이 초기의 정치적 약속과는 다르게 제정으로 복귀하자 반정부 활동을 하여 결국 벨기에, 영국으로 망명 생활을 한다. 루이 나폴레옹의 붕괴 후

에 대대적인 환영을 받으며 귀국하여 상원의원으로 좌파적 활동을 계속한다.

이런 국내적 활동뿐만 아니라 프랑스의 멕시코 침공을 반대하였고, 미국의 노예해방 운동가 존 브라운의 사형을 반대하였고, 프랑스의 북아프리카 식민지인들의 인권향상을 위한 노력에도 지지를 보냈다. 위고는 어떤 상황에서도 민중을 생각했다. 그리고 민중을 위해 행동하는 작가였다. 그가 죽기 직전 마지막 남은 손의 힘을 짜내 쓴 말은 이것이었다. "사랑하는 것, 그것은 행동하는 것이다."

인생에 어려움은 끊임없이 찾아왔지만 좌절하지 않았다. 싸우고 행동하며 이겨냈다

지적인 존재, 꿈꾸던 목표를 향해 달려가는 자
깨어나 앞으로 나아가는 힘이었다

위고의 외향적 특성은 앞장서기를 주저하지 않아 쉽게 드러나며, 오지랖이 넓어 주변에 사람들이 넘쳐나고, 사람들과 연대하고 활동하는 것을 좋아하여 프랑스와 유럽지역 심지어는 미국까지 넘나들었다.

스스로 다른 사람들의 틈에서 살아남아야 했던 어린 시절의

그를 상상해 보라! 그가 위대한 것은 이러한 외적 활동의 경험을 내적인 통찰과 심미적 안목으로 표현하는 것이 탁월하다는 것이다. 내적 사고를 겸비하며 외향성과의 통합된 삶을 살아간 점이다. 객체에 관심을 두지만, 주체를 소홀하지 않았다는 것이다. 다만 외부에서 힘을 얻고 외부에 힘을 쏟는 것을 선호했을 뿐이다. 깊은 바다와도 같은 사고의 심연에 간직한 채…

외향성이든 내향성이든 태어날 때부터 가지고 있는 경향인 것 같다고 융Jung은 말한다. 위고의 외향적 태도는 타고난 부분도 있지만 다분히 생활환경의 영향을 무시할 수 없었다. 그의 아버지 레오폴은 프랑스 혁명기의 직업군인으로서 프랑스가 유럽에서 수행했던 전쟁의 상황에 따라 이동해야 했던 사실도 위고의 성장 과정에 영향을 주었을 것이다.

감각 중심의 경험 집적

감각이란 외부의 자극이나 현상을 인식하는 매개적 심리기능이고 의식적 지각이다. 융은 감각형의 사람에게 감각은 구체적인 생활 표현이며, 진실한 생의 충일이라고 말한다. 구체적 감각일 수도 있고 추상적 감각일 수도 있으며 실제적인 사물이나 사실이 중요하다.

위고는 보고 듣는 것을 기록으로 남기는 감각이 뛰어났다. 어머니 소피 뷔셰가 세상을 떠난 후 경제적인 어려움을 맞은 위고와 자신들의 딸 아델을 떼어놓으려고 아델의 가족은 먼 곳으로 휴가를 떠났다. 실제로 도움을 주지 않는 아버지를 떠나 연인 아델을 찾아 나서는 것으로 시작했다. 무일푼이었던 위고는 들끓는 태양 아래, 그늘 없는 길을 걸었다. 기진맥진했지만 가슴 속은 희망으로 가득 찼다. 250리 길을 걷는다. 좌절하지 않고 그가 할 수 있는 일을 행동으로 실천한다.

그 여정을 허투루 보내지 않았다. 그는 광활한 대자연을 보며 수첩에다 시를 적었다. 그리고 사흘을 걸어 아델이 가족과 휴가 온 드뢰에 이르렀다. 거기서 중세 유적들과, 오를레앙의 장례 예배당도 보면서 온 도시를 유랑했다. 그가 보는 것은 지식이었고 정보였으며 경험이었다. 이를 바탕으로 시를 쓰고 시를 읊조렸다. 보고 듣고 느끼는 것을 세세하게 기록하고 보관하여 후일 작품에 녹여 넣었다. 현실적인 정보와 경험을 축적한 것이 『레미제라블』이 되었고 『노트르 담 드 파리』가 되었으며 『바다의 노동자들』이 되었다. 어려서 아버지를 따라 오가며 본 스페인, 이탈리아, 프랑스의 여러 지역을 지날 때마다 눈에 기억하고 마음에 새겼다. 어머니와 으젠느 형과 함께 마드리드에 갔을 때 지나던 스페인 마을 '에르나니', 프랑스군이 불태운 '토르크마다'는 그대로 작품이 되었다.

빅토르 위고는 지치지 않고 자연의 빛깔과 이미지들을 응시하고 기억 속에 묻었다. 후에 그의 유년을 이야기할 때 무수한 소재가 될 것들이었다. 때론 삼촌이 들려주는 나폴레옹, 루이 삼촌, 위고 장군과 라오리 장군, 영예로운 이름들을 곱씹어 기억해 두곤 했다.

우리 대령이 오는 것을 보았지, 손에는 검을 들고
"자 그 싸움에서 누가 이겼겠니?"
"당연히 삼촌요." 빅토르는 말했다
"하얀 눈밭이 붉은 피로 물들었지
그는 또 말했다. "삼촌이 다 무찔렀어요? 삼촌의 명령으로?"
"그럼." "삼촌 편은 몇 명이나 살아남았어요?" "이렇게 셋"

위고가 아홉 살 때 어머니를 따라 파리에서 마드리드로 간다. 마차 밖으로 보이는 이어지는 풍광들, 블루와, 앙굴렘, 보르도, 도시들을 지나고, 요동치는 도르도뉴 같은 강들을 통통배로 건너야 했다. 무료할 틈이 없었다. 길 위에서 보내는 열흘은 그를 이미 성숙케 했다. 마차는 바욘느에 도착했고 그곳에서 한

달은 더 견뎌야 한다는 것을 알고는 그저 행복했다. 바욘느 극
장에서 본 것들은 온갖 상상은 현실이 되고, 몽상은 풀풀 피어
올라 기억 속에 간직한다.

그에게 여행은 세상과 사람에 대한 관능적 육체적 발견이었
다. 그는 숱한 잔영들과 얼굴 표정들, 고급 향수, 세밀한 감정들
까지 온갖 것을 탐닉했다. 빅토르는 지칠 줄 모르는 흥분 속에
서 여정을 겪었다. 민중들에게 법을 강요하는 승전국 입장을 경
험했다. 동시에 그는 주민들이 발산하는 증오를 보며 또한 동
포들의 저항을 또렷이 보았다. 위고가 마드리드로 가면서, 몸을
질질 끌고 프랑스로 돌아오는 부상병들과 길 위에서 마주친다.
이어 부르고스, 발라돌리드, 세고비아 도시들을 지났다.

먼지를 뒤집어쓴 전차들 사이, 번쩍이는 무기들
진지의 뮤즈는 나를 막사 밑으로 데려갔네
나는 살인의 대포를 피해 잠을 청했지
나는 당당한 준마, 휘날리는 갈기를 사랑했노라
거친 등자를 때리는 박차
나는 사랑하네, 험준한 곳 지축을 흔드는 기개
[…] 그리고 도시들을 지나는 낡은 부대들,

찢긴 깃발과 더불어

융은 말하였다, 감각형의 사람에게서 감각은 진실한 삶의 충일이라고 여기기 때문에 감각에 지배받지 않는다고 여긴다. 하지만 그러한 의도는 구체적인 향락이다. 위고는 만나는 여성들과의 감각적 관계에서 삶의 힘을 얻는다.

> *그렇게 예쁘게 웃는 것*
> *그것은 나쁜 것. 오 배신이지*
> *광기를 불러일으키지*
> *이성을 잃지 않으니!*
> *그렇게 매력적으로 웃는 것!*
> *그것은 죄. 별도로*
> *사람들은 꿈을 부풀리지*
> *지나치게 큰 매력으로.*
> *[…]*
> *그렇게 잘 되어갈 때*
> *숨어야 해*
> *버려진 연인,*
> *떠올려야 소용이 있을까?*

지쳤어. 오 요염한 여인아

항상 떨고 있으려니

당신은 라켓

그리고 나는 공!

그의 트렁크에 들어 있던 원고, 파일, 수첩 안에 있는 다른 많은 구절들 중의 일부는 젖가슴이 레이스를 들어 올리는 '신성하고 활발한 하녀'를 볼 때 그에게 떠올랐던 것이었다. 그는 그러한 구절들을 더 풍성하게 하여 「거리와 숲의 노래」라는 시집에 모아서 소설 사이의 중간 기착지처럼 만들려고도 하였다. 그는 자신의 걸작들이 감각형의 성향이 큰 영향을 주었다는 것을 알고 있었을까!!

위고는 감각적 성향이 탁월하였지만, 세상에 대한 직관적 경향도 그의 일부였다. 즉 융이 말하는 여러 가지 가능성을 알아차리는 능력이 있었다. 로잔 평화회의 연설에서 위고는 현재의 유럽연합EU을 예고하였다. "인간에게 필요한 첫 번째, 첫 번째 권리, 첫 번째 의무는 바로 자유입니다. 우리는 위대한 대륙 공화국을 원합니다! 그는 우리는 유럽연합을 원하며, 자유가 목표이며 평화가 결과입니다"

일 중심적 사고

　융이 말하는 사고는 주어진 관념의 내용들을 일정한 법칙에 따라 연관시키는 정신 기능이다. 어떤 목적을 향하여 방향이 정해진 사고이며 의지에 따라 판단하는 작용이다. 판단을 하는 데에는 기준이 필요한데, 주로 객관적 관련성에서 빌려 온 평가 기준을 적용한다. 사고적 기능이 우선인 사람에게는 논리적이며 사람과의 관계보다는 일의 성과를 더 중요하게 여긴다.

　위고에게 결정하고 선택하는 데에는 일의 목표 달성이 우선이었다. 또한 그는 논리적이고 합리적이며 설득력이 있지만 사람이 마음을 챙기는 것은 그리 중요하지 않았다. 정작 해야 하는 말은 하고야 마는 성격이었다. 감정을 마음에 담아두지 않았다. 그 과정에서 듣는 이로 하여금 마음의 상처를 주기도 하였다. 스물여섯 살, 위고는 부모의 상심을 고스란히 몸으로 겪었다. 과부였고 까다로우며 아버지의 입장만을 위고에게 강요하는 고모에게 솔직한 말을 전한다.

　"아버지가 연루된 한 때의 온갖 괴로운 추억들은 더 이상 꺼내지 마셔요. 모두가 아버지의 운명이고 아이들 운명이잖아요. 그 때문에 우리가 사랑하지 못했나요? 이제 우리 모두가 견뎌야 할 공동 운명입니다… 함께 감수해야지요…"

그러한 말을 들은 고모의 마음은 어땠을까? 위고는 아버지에게도 담아둔 말을 글로 보낸다. 위고가 아버지에게 경제적인 도움이나 부모로서 역할을 상기시키는 이 말이 아버지 레오폴에게 기분이 좋았을까? 실제로 아버지 레오폴은 괘씸하게 여겨 답신도 보내지 않았다.

"그저 무능한 시인이었습니다… 제 무관심으로 상황은 악화 수준까지 갔고요. 분명 이점에 있어 솔직한 기억을 부탁드립니다. 솔직히 이 사건은 그냥 덮고 갔으면 했어요. 이미 가려졌던 것처럼요. 하지만 아버지 빚쟁이들은 줄지어 변제를 기다리고, 가족은 늘어나고, 게다가 불쌍한 으젠느의 이자는 너무 많아 도통 잠이 오지 않아요. 세상에 이처럼 절박한 일들이 있을까요. 아벨과 마찬가지로 간곡한 호소를 드리지 않을 수 없습니다. 숙부님 자녀들은 계속 늘어나는데 의무는 되레 줄고, 게다가 최근 상속 덕에 숙부님 위치는 엄청나게 올라갔지요. 분명히 말씀드립니다. 이젠 분명한 답신을 주십시오."

위고에게 일은 생존의 방식이었고, 존재의 방식이었다. 그의 모든 결정과 선택은 철저하게 글을 써서 출판하여 세인의 긍정적인 평을 얻고, 극장에서 상연되는 희곡이 흥행되기를 바랐다. 글을 쓰는 것이 그에게는 사업이었다. 사업에서는 이익이 있어야 했다. 면밀하게 계획하고 수입과 지출을 계산해야 했다. 그래야만 가족이 안정적으로 살 수 있고, 망명객으로 살아야 했던 그가 더 이상 추방당하지 않고 살 수 있었기 때문이리라.

위고가 망명 이전에도 그의 삶은 성공에 있었다. '샤토브리앙이 아니면 아무것도 아니다'라고 했던 것만큼 그가 작가로서의 명성을 추구했던 것, 정치인으로서 정치적 목표를 이루고자 했던 행동, 아델과 결혼해야겠다는 목표, 아카데미 프랑세즈의 회원이 되고자 하는 욕망, 프랑스인에게나 독일인, 나아가서는 그를 알고 있는 세상의 모든 사람에게서 얻고 싶은 명예… 이 모든 것은 일이었고 일생의 목표였다. 이러한 목표를 이루는데 인정에 휩싸여 휘둘리는 적이 없었다. 설령 쥘리에트와의 관계가 소원해지고, 레오니 혹은 쥐디트 고티에, 블랑쉬와 같은 다른 여인에게 눈길을 줄 때에도 쥘리에트와의 관계는 유지한다. 이 또한 그의 목표에 따른 신념이 아니었을까?

예나 지금이나 세상에서 일, 혹은 목표를 이루는 데는 여전히 논리적이고 합리적이며 객관적인 태도와 행동이 의미가 더 크다. 사람과의 관계 또한 일을 성취하는 데 도움이 되는 방향으로 가기 마련인 것이다. 따라서 일상의 선택과 결정은 사람 중심에서 일과 수행 중심으로 집중했던 위고였다.

　하지만 위고에게도 글을 쓰는 일이 매우 중요했지만, 인정머리가 없는 사람은 아니었다. 망명지에서 가난한 어린이를 위한 식사 초대, 선물 마련하는 활동을 시작하였다. 융이 말했던 것처럼 인생의 후반기에는 인생의 전반기에서 소홀히 했던 열등한 부분을 보완하며 통합의 과정으로 나아간 것일까? 글을 써서 출판하고 판매하는 시기에 소홀했던 가족을 챙기는 것에도 시간과 노력을 헌신한다. 먼 곳에서 떠도는 막내딸 아델에게 연금을 보내고, 그녀를 데려오고 병원에 입원시키고 생활비를 남긴다는 유서를 쓰면서, 끝내 자신을 알아보지 못하는 딸을 보는 아버지 위고의 마음은 어땠으랴!! 가족과 상의하지 않고 망명지를 결정하고 특히 성장해가는 딸의 입장을 고려하지 않고, 가족들에게는 유배지 같은 섬에 방치한 그를, 글 쓰는 일과 정치와 다른 사람들에게 더 관심을 쏟고 있는 위고를 가족들은 떠나갈 수밖에 없었으리라. 특히 아버지가 자신에게 관심을 두지 않음을 알고, 자신이 사랑했던 핀슨 중위를 찾아 떠났던 딸 아델의 마음을 위고는 알고 있었을까? 위고가 추천한 남자를 왜 딸이 외면했는지 위고는 딸의 속마음을 알고 있었을까? 아버지가 소개한 사람이 아버지와 비슷한 사람임을 알고 외면한 것은 아닐까?

위고에게 글쓰는 일, 정치를 통하여 민중을 계몽하려던 일, 세상의 불의와 싸우는 일에 인생의 대부분을 헌신한 그는 융이 말하는 사고형 인간인 듯하다. 가족과 인간에 대한 관심보다는 그들을 위한 정의와 사상을 위한 위고로 기억하는 사고형 인간, 그였다. 쾌, 불쾌보다는 정, 부정이 그의 결정과 선택하는 우선적 기준이었다

계획한 대로

사고에는 판단이 수반된다. 정해진 목적을 옳고 그름으로 판단하는 것이다. 능동적이며 의지가 개입한다. 융의 성격 유형 학설에 큰 관심을 가진 마이어스Isabel Briggs Myers와 그녀의 어머니 브릭스Katharine Cook Briggs, 18751968가 말하는 성격 유형으로 보면 위고는 판단형으로 보인다. 논리적 근거에 따라 판단하고 그 결과를 철저하게 계획을 세워서 꿋꿋하게 추진하는 것으로 짐작할 수 있다.

그는 자신이 나아갈 길을 차분하게 한걸음 한걸음 나아갔다. 글을 쓰고 출판하고 판매하는 과정과 그 후에 판매 수익을 계산하고, 그 수익을 관리하는 데에 치밀함을 보였다. 그는 사업가적 기질을 유감없이 드러내었다. 경제적으로 어려운 그에게 결혼은 매우 중요한 사업이었다. 자신의 명성을 이용할 줄도 알았으며, 확실한 목표를 정하고 차근차근 성취를 위한 과정에 몰입한다. 여러 날 걸어서 아델을 다시 만났고, 그녀 역시 빅토르를 여전히 사랑했으므로 행동을 개시한다. '아델을 정식으로 만날 권리를 얻는다. 편지를 쓴다. 결혼한다.' 그러한 해결책은 푸셰의 호의를 얻어내는 길밖에 없다는 결론에 이른다. 아델의 아버지 푸셰는 쉽게 넘어갈 사람이 아니었다. 하지만 개의치 않고 '끈은 다시 매면 되지. 엎드려 순종하는 청년으로 다시 보이자. 겸손하게 도움을 구하는 고아가 되는 거야.'라는 계획 끝에 결국 아델의 아버지의 마음을 얻는다.

"저 때문에 불편해하지 마십시오. 그러시면 저는 민망할 겁니다. 저를 좀 믿어 주십시오. 제 바람은 그저 돌아가셨지만 훌륭하셨던 어머니께 누가 되지 않게 사는 겁니다. 저의 모든 생각은 순수합니다. 선생님 따님을 뜻밖에 만나 너무도 기뻤다는 것을 말씀드리지 않는다면, 저는 정직하지 못한 놈일 겁니다. 이런 말을 큰소리로 하는 것이 두렵지 않습니다. 제 영혼 모든 힘을 바쳐 따님을 사랑합니다. 철저히 버림받은, 깊은 고통을 안고 있는 저에게 변함없는 기쁨을 줄 수 있는 것은 오직 그녀의 마음뿐입니다."

이제는 아델 아버지 마음을 얻을 수 있을 것 같았다. 위고는 작품을 쓰는 데에 철저하게 계획하고 출판하였다. 과거에 보았던 것, 목격했던 것을 일목요연하게 정리한 수첩이 있었다. 수첩에 기록된 것을 수정하고 기억하여 글로서 내놓는데 탁월했다. 출판사에 맡긴 책은 일일이 교정하고 확인하는 것을 소홀히 하지 않았다. 그는 『레미제라블』 교정쇄에 인쇄할 좋은 것을 제공하기 위해서, 텍스트 한 부분을 수정하고, 다른 부분에서 다시 수정하고, 때때로 장을 옮기는 것을 고려하거나, 그렇지 않으면 장 발장이 일하는 수도원을 세느강 왼쪽이 아닌 오른쪽에 배치하는 것도 고려해 보았다. 그는 모든 세부 사항을 처리해야 했고, 권장 사항들을 제시하여 편집자인 라크루와를 들볶았다. '내가 교정본을 검토하지 않고는, 내 책 중 단 한 권의 초판도 인쇄된 적이 없었고, 인쇄되지도 않을 것이다.' 그는 거듭해서 말했다.

빛과 그림자

융은 '빛이 있는 곳에는 그림자도 있어야 한다.'고 하였다. 빛에 보이는 것은 페르소나이며 빛에 숨어 보이지 않는 것은 그림자이다. 억압된 생각이나 약점, 본능, 결점이 바로 그림자이다. 위고는 당시로 보면 장수하였지만 허약함은 그의 그림자였다. 태어날 때 매우 가냘퍼 살 수 있을지 궁금할 정도였다. 후일 위고 자신도 자기를 미약한 존재를 표현하였다.

그때 브장송, 옛 스페인 풍 도시에서,
바람 따라 날아가는 씨앗처럼 던져져
로렌느와 브르타뉴 피를 동시에 받은
핏기 없는, 시선 없는, 목소리 없는 아이가 태어났네
그토록 허약하여 마치 괴물 같아 모두에게
버림받았네, 어머니에게만은 아니어서 다행이었으니⋯⋯
그리고 그의 목은 가녀린 갈대처럼 굽어
요람과 관을 동시에 마련했지
삶의 책에서 지워진 아이,
살아갈 내일이란 애초에 없던 아이
그것이 바로 나였다네⋯

그렇게 태어났음인지 83세까지 사는 동안 크고 작은 병마에 시달렸고 결국 뇌충혈로 쓰러졌다. 신체적으로 허약함은 그의 그림자 일부였다. 또한 따뜻함이 없던 가족, 부모의 갈등 또한 그림자였고, 외로움 불안 고독 역시 그의 그림자였다. 많은 여성과의 부적절한 관계를 지속했던 것도 그의 그림자가 아니었을까?

위고가 태어난 직후에 어머니와 라오리의 부정한 관계, 아버지와 카트린느의 내연관계를 유지하고 있어, 부모가 위고에게 관심을 쏟을 수가 없었다. 위고는 불안할 수밖에 없었다. 서너 살 되는 위고를 집사의 딸이 돌보아 주었다. 위고를 학교에 데려다 주었고, 비오는 날 위고를 데리러 오지 않았다. 어린 위고는 얼마나 두려웠을까? 나를 버리는 것은 아닐까 하는 불안감도 있었으리라. 위고에게 어머니의 부재로 충분히 얻을 수 없었던 관심과 보호에 대한 욕망이 성인이 되어 다른 여성에게서 찾지 않을까? 특히 쥘리에트가 위고를 지켜주고 보호해 주고 감시해 주는 역할을 원하지 않았을까?

그는 일생 불안과 함께 살았다. 어머니의 부재가 아버지와의 유착으로 이어졌지만, 아버지 또한 전황과 정치적 입지에 따라

자주 이동하게 되었다. 태어나자마자 안정감 있게 정을 붙일 곳 없었던 위고였기 때문이다. 그에게 글을 쓰거나 정치에 관심을 두거나 다른 국가의 일에 관심을 둔다. 그에게 일은 빛이었다. 잠시도 정체된 것을 견딜 수 없었다. 침잠하여 있으면 불안이 엄습해 온다는 것을 충분히 경험한 그였다. 불안이 클수록, 그림자가 짙을수록 그는 글 쓰는 일에, 정치적 투쟁에 더 몰입했으리라. 그리하여 균형을 이루고 싶었으리라. 융이 말했던 것처럼 그림자와 빛이 균형을 이루어 통합된 삶을 영위했던 위고였다. 소설가로서, 시인으로서, 희곡작가로서, 정치가로서, 인권옹호자로서 위고의 삶은 빛이었다. 눈을 감는 순간까지 잃지 않았던 빛이었다.

만약 융과 마이어스, 그리고 브릭스가 천국에서 만난다면 위고에게 말할 수 있었으리라. '위고, 당신은 진정한 사업가요. 민중 계몽 사업가. 이에스티제이ESTJ로 보이니 말이오'

일과 사랑

빅토르 위고가 그의 형 으젠느를 돌보아야 했던 절박한 상황에서 위고의 가슴속에서 터져나온 말. 빅토르 위고의 결혼식 직후에 그의 형 으젠느가 미쳐버렸다. 문학에서, 연적으로서 경쟁에서 동생에게 패배한 으젠느가 발작을 일으킨 상태. 경쟁에서 매정하게 물리쳤던 도의적 죄책감과 부모의 도움도 없이 살아야 했던 20세의 위고에게 일하는 것travailler과 사랑하는 것aimer은 그의 인생을 지탱하는 지주였고 삶에 의미를 주는 축이었다

위고에게 글쓰는 일은 직업이었고 생존 수단이었으며 존재의 이유였다. 글을 쓰되 행동으로 증명하는 삶이었으니 얼마나 고달팠으랴. 10대에 권위 있는 백일장에서 입상하고, 연인 아델에게 인정받고, 관록있는 문인들로부터 장래의 문학적 귀재로 칭찬받았을 때의 우쭐함도 컸다. 국가의 연금을 수령할 수 있

는 문인으로서의 인정을 받는 기쁨도 있었다. 그러나 19세에 어머니 소피의 죽음, 20세에 형 으젠느의 정신병원에 수용, 21세에 첫 아들 레오폴의 죽음, 그리고 26세에 아버지의 죽음 등 사랑하는 가족이 세상을 떠났을 때도 글쓰기를 멈추지 못했다. 게다가 숭고한 의미를 담은 작품들이 세인들의 혹평에 시달릴 때도 글을 써야만 했다. 특히 19년간의 망명 생활 중에서 살아가기 위해서 글을 써야 했다.

위고에게 글을 쓰는 일만큼 중요한 또 다른 일이 있었다. 민중을 위한 삶을 갉아 먹는 세력과의 싸움, 세계평화를 위한 지지, 인권을 지키기 위한 싸움, 자선을 베푸는 일, 그리고 자신의 건강을 지키는 것이었다. 『레미제라블』에서 위고는 말한다.

"급진적인 것이 이상적이라면, 그렇습니다… 나는 급진적입니다. 나는 왕 없는 사회, 국경 없는 인류, 책 없는 종교를 지향합니다. 맞습니다. 나는 거짓을 파는 사제, 불의를 자행하는 재판관과 싸우고 있습니다. 나는 봉건적 요소를 없애고 재산권이 보편화되길 바랍니다. 나는 사형제도가 없어지기를 원하며, 노예제도를 거부합니다. 나는 불행을 몰아내고, 무지한 사람을 가르치고, 질병을 치료하고, 밤을 밝히고 싶습니다. 나는 증오를 증오합니다. 이것이 내가 존재하는 까닭이며, 내가 『레미제라블』을 쓴 이유입니다."

하지만 세상의 비평에 고통스러워하고, 가족의 연이은 죽음
과 문학의 도반들이 차례로 세상을 떠날 때도, 정치적 입지에서
위태로울 때도 그가 무너지지 않았던 힘은 그의 사랑에서 왔다.
그가 사랑하는 사람이 있었고, 그를 사랑하는 사람들이 있었다.
어려서부터 친구처럼 지내다 아내가 된 아델, 위고가 30세 즈
음에 만난 쥘리에트 드루에, 레오니 도네는 위고의 인생에서 기
억될 여인들이었다. 희곡작가이기도 했던 위고에게 수많은 배
우가 접근했었고, 그중에는 위고와 각별한 관계를 했던 여인들
도 많았다. 마리 메르시에, 사라 베르나르트, 쥐디트 고티에 그
리고 우연히 만난 소녀들 거리의 여인들, 가정부, 망명지에서
만난 시골의 여인들… 그러나 쥘리에트와는 아내 아델보다도
더 긴 세월 함께 살았고, 처음 그녀를 만났을 때의 감동은 죽음
의 순간까지 사랑으로 이어진다. 위고는 그러한 그녀를 처음 본
순간 제정신이 아니었다. 균형 잡힌, 섬세한 아름다움, 촉촉하고
생기 돋는 선홍빛의 입, 그토록 야성적인 쾌활 속에서도 오목조
목한 입, 그리스 신전의 흰 대리석 박공처럼 맑고 그윽한 이마,
놀라운 자태로 반사되며 넘실거리는 검은 머리칼에 그는 홀딱
반했다. 완벽한 복고풍 옷깃, 두 어깨, 두 팔… 그러한 쥘리에트

에게 위고는 또 다른 삶을 예고하는 말을 했고 그 말이 씨가 되었다.

> "1802년 2월 26일, 1833년 2월 17일, 나는 그대 품 안에서 행복으로 태어났소. 앞날은 삶, 뒷날은 사랑이오. 사랑한다는 것은 살아가는 일 그 이상의 것이오."

위고는 죽음을 목전에 둔 쥘리에트에게 두 사람이 만난 기념일인 2월 16일에 그녀에게 사진 한 장을 보여주었다. 그녀는 미소를 지으려 애썼다. 위고는 초상화 아래에다 썼다. "50년간의 사랑, 그것은 가장 아름다운 결혼이오." 그는 그녀의 얼굴을 쓰다듬고, 그녀의 손에 키스하고, 쉬도록 했다. 위고는 쥘리에트가 세상을 하직하는 1883년, 그 순간에도 함께 있었다.

위고는 가족들도 끔찍하게 사랑했다. 단 사랑의 방식은 뭇 여인들을 사랑했던 방식과는 매우 달랐다. 내연의 관계를 유지하면서도 아내 아델에 대한 사랑은 변함이 없었지만 냉랭함으로 포장했고, 아들 프랑스와-빅토르, 샤를르와는 일하면서 신뢰의 모습으로, 딸 레오폴딘느와 즐거웠던 추억을 만들기도 했다. 그러한 딸이 결혼하게 되어 놓아야 할 순간에 부정을 절절히 풀어 놓는다. 딸을 시집보내는 아버지의 심정은 그럴까?

너를 사랑하는 자를 사랑해라, 그리고 그에게서 행복하여라

잘 가라! 그의 보석이 되어라, 오 우리의 보석이었던 아이야!
가라, 축복받은 내 아이, 이 가족에서 저 가족으로 가거라
행복은 가져가거라, 우리에게는 우울을 남겨두고!
이곳에서는 너를 붙잡고, 저곳에서는 너를 원하는구나
딸, 아내, 천사, 아이, 겹겹의 임무를 모두 수행하여라
우리에게는 회한을 주고, 그분들에게는 소망을 주거라
울음으로 나가거라! 웃음으로 들어오너라!

위고에게 작가로서 천재의 복은 있었으나 자식 복은 없었
다. 큰아들, 작은아들, 둘째 아들이 차례로 명을 달리했다. 막내
딸은 사랑하는 사람을 찾아 오랜 세월 집을 떠났다가 정신착란
증으로 돌아와 병원에서나 볼 수 있었지만, 제대로 알아보지도
못하는 딸을 보는 아버지로서 위고의 마음은 천 길 낭떠러지로
떨어지는 기분이었으리라. 그러한 위고에서 정 붙일 혈육이라
고는 손주 조르쥐와 쟌느 밖에 없었다. 그들이 위고가 사는 기
쁨이었고, 일을 계속하게 하는 동력이었다. 「할아버지 되는 법」
이 세상에 선을 보였을 때, 거리에서 위고를 만난 행인들이 쟌
느와 조르쥐가 떠오른다는 말 했을 때 위고는 또한 존재감을

느꼈다. 그는 죽어서도 손주들과 함께 있을 것이며, 손주들의 이름과 책과 모든 독자의 기억 속에 위고가 영원히 연결될 것이기 때문이었다

쟌느는 마른 빵을 든 채 어두운 방에 있었네
하찮은 잘못 때문에, 그리고 할 것도 못하고
나는 완전히 배반한 무법자를 만나러 갔네
어둠 속에서 잼 한 병을 그에게 흘려보냈네
법 위반이었지. 내 도시에서,
사회의 구원에 근거를 둔 사람들은
화를 냈네, 그런데 쟌느가 부드러운 목소리로 말했네
더 이상 내 엄지 손가락으로 코를 만지지 않을 거야…

위고의 삶은 사랑이었다. 그래서 사랑을 잡아야 하고, 사랑을 유지해야 했다. 그가 사랑했던 것은 여인들에 국한되지 않는다. 세상에 대한 사랑, 힘 없고, 가난하고, 못 배우고, 병이 든 사람들에 대한 연민이었다. 또한 국가에 대한 애정이었다. 위고를 망명길로 떠나게 한 것은 군주, 혹은 왕정이라는 정치체제였지 국가가 아니었다. 그가 프랑스를 한 시도 사랑하지 않은 적이 없는 애국자였다. 파리가 세계적 변화의 중심지로서 정의를 사

랑했다.

위고에게 사랑은 삶에서와 같이 작품에서 구현된다. 희곡 〈에르나니〉에서 귀족이었지만 정치적 희생양으로 산적 두목이 된 에르나니는 실바와 동시에 엘비라를 사랑하고 스페인의 왕 역시 그녀를 사랑한다.『뤼 블라스』에서는 독에 취한 뤼 블라스에게 사랑을 고백하는 여왕.『노트르 담 드 파리』에서 욕망과 미덕 사이에서 고민하는 대주교 클로드 프롤로, 종지기 콰지모도, 포에뷔스 드 샤토페르 대위 역시 보헤미안 에스메랄다를 사랑했다.『바다의 노동자들』에서 독신으로 사는 성공한 사업가 질리아는 그녀를 사랑하는 남자에게 그녀를 양보한다.『레미제라블』에서는 무지한 사람들에 대한 연민과 계몽과 치유를 설파하는 것이 사랑이 아니고 무엇이랴!!

"사랑하는 것, 그것은 행동하는 것이다."

마침내 그는 죽음을 지척에 두고 마지막 힘을 내어 끄적였다. 그는 눈을 감았다. 그리고 중얼거렸다. "검은 빛이 보인다." 그는 천천히 그 빛을 향하여 미끄러져 갔다. 5월 22일 금요일 오후 1시 27분, 그는 눈을 감았다.

위고에게 사랑과 일은 서로 다르지 않다. 별개의 것이 아니다. 사랑하기 위해 일 해야 했고, 일하기 위해 사랑해야 했다. 일이 있어야 사랑했고, 사랑이 있어야 일 할 수 있었다. 때려야 뗄 수 없는 관계였다. 그것이 위고의 소명이라고 여겼고, 그것이 그에게는 행복이었다. 매우 독특한 방식의 존재 방식이었다. 그가 살았던 세상에서 소유했던 것보다 현재 존재하는 것이 훨씬 크다. 세기가 바뀌어도 잊혀지지 않을 것이니까. 하느님의 존재가 언제나 그의 마음 속에 살았던 것처럼… 에리히 프롬의 말처럼 소유보다는 존재를 선택한 위고의 삶이었다.

빅토르 위고보다 늦게 태어난 오스트리아의 지그문트 프로이트는 위고를 알았을까? 위고가 살아낸 83년간의 행복한 경험을 프로이트가 83년간 행복의 근원이 일과 사랑이라는 것을 철학적으로 정리하지 않았을까?

나폴레옹

빅토르 위고는 나폴레옹을 숭배했다. 나폴레옹 보나파르트!
그는 나폴레옹 1세였다. 그는 프랑스에 승리에 승리를 안겨 주
었다. 그는 위대한 정신과 위대한 전략을 지닌 장군이었다. 루
이 나폴레옹 보나파르트! 그는 나폴레옹 3세였다. 빅토르 위고
는 나폴레옹 3세를 증오했다. 그도 프랑스에 산업의 부흥을 통
해 번영을 이루고 국민 복지, 나아가 자유 프랑스를 안겨 주고
자 했다. 실제로 18년 권좌에 있는 동안 많은 업적을 낳았다. 그
는 '진심으로 선량하고 유능한 독재자'가 되기를 원했다. 하지
만 유감스럽게도 세상에 선량한 독재자란 없는 법이었으니. 그
는 민중의 배신자이며, 프랑스 정신을 버린 자가 되었다.

프랑스는 오직 '민중'이었다. 나폴레옹 1세도, 나폴레옹 3세도
'민중'을 말했다. 그리고 민중으로부터 멀어지는 순간, 끝이었다.
검으로 민중을 사로잡을 수는 있었으나, 검 위에 자신의 아우

라를 기록할 수는 없었다. 그는 내각을 향해 늘 이렇게 말했다.

"나는 그대들에게 조언을 바라는 것이 아니다. 결정을 통보할 뿐." 혈관에 뜨거운 피가 흐르는 빅토르 위고는 참지 않았다. 위고 곁에는 에드가 키네, 에밀 데샹, 루이 블랑 같은 든든한 동지 작가들, 그리고 그의 영원한 정부 쥘리에트가 함께 있었다.

나폴레옹 1세 1769~1821

"때는 3월 어느 날, 빅토르는 나폴레옹 대관 원년을 알리는 온갖 축복의 종소리를 들었다. 9월이면 나폴레옹은 이탈리아 황제가 된다. 그리고 대육군 군사들은 라인강을 건넌다. 빅토르가 들은 종소리는 12월 2일 오스트리아 전장 위로 떠 오른 태양을 향한 경배였을 수도 있다. 훗날 위고는 시를 썼다.

웅장한 축제, 어느 날, 팡테옹에서
내 나이 일곱 살, 나폴레옹 행차를 보았네
영화롭고 장중한 모습을 보려고
난 마침내 엄마의 둥지를 탈출했네
그는 이미 내 불안한 영혼을 사로잡았지
하지만 온화한 눈을 가진 엄마, 때로는 두려운.

전쟁, 폭력, 전투 이야기에 귀 기울이며

군중이 무서웠네, 나는 꼬마였으니

그리고 내게는 충격, 신성한 두려움이었지

장엄한 행렬 선두에 황제가 보였을 때

[…]

그는 영광의 팡파르 속 한바탕 소동 속에 나타난 군주였네

말없이 근엄하게 지나는, 마치 놋으로 만든 하느님 같은!

나폴레옹 1세의 위용은 빅토르 위고에게 깊숙이 각인 되었다. "가장 먼 마을에서도, 가장 후미진 골짜기에서도 내가 황제임을 알아야 하리라. 대관식 행사가, 저녁마다 둘러앉아 한담을 나누는 사람들 사이에 회자 되어야 하리라. 옛날 어떤 왕이 랭스 대성당에서 나오며 환자들을 만지자 모든 병이 씻은 듯 나았다는 신화가 떠돌았듯이 말이다." 그 위엄과 존경심은 성인이 되었을 때도 위고를 오랫동안 왕정주의자로 잡아둔 이유가 되었다. 나폴레옹 1세는 권력에 대한 욕망이 차고 넘친 사람이었다. 그는 늘 이런 식의 말을 했다. "신은 나에게 그 어떤 장애물도 뛰어넘을 힘과 의지를 부여했소."

장군 시절, 신하 중 하나가 "장군 옆에 합당한 후계자가 있다면, 프랑스는 더욱 안전할 것입니다."라고 말하자, 그는 곧 답했다. "나는 애가 없소. 애를 가질 필요성도, 흥미도 느끼지 못하오. 가족을 가질 생각이 없소. 나의 합당한 후계자, 그것은 민중이오. 민중이 바로 내 자식이오."

1789년의 불꽃은 나폴레옹의 가슴을 뜨겁게 달구었다. "나는 군인이며, 민중의 가슴으로부터 나온 대혁명의 아들이오. 지상에서 가장 멋진 자격은 프랑스인으로 태어나는 것이오. 그것은 하늘이 부여해준 자격으로서, 지상의 누구도 함부로 얻을 수 없는 것. 나는 그런 민중의 제1통령이오. 나의 운명이 어떻게 되든 간에, 통령으로 남든 평범한 시민으로 돌아가든, 나는 프랑스의 위대함과 행복을 위해 살 것이오."

훗날, 위고가 거장의 생각, 거장의 문학, 그리고 거장의 정치를 가능하게 된 것이 바로 나폴레옹 1세의 '소름 돋는 웅변들'이었는지도 모른다. 교회의 살인적인 횡포를 용납하지 않는 태도, 장차 위고가 또한 그러했으니. 나폴레옹의 뜨거운 말들은 빅토르 위고의 심장을 흔들었다.

"영주들은 민중의 재앙이며, 교황은 교회의 지도자일 뿐. 신앙은 합법적으로 조직된 교회의 것이지 교황의 것은 아니오. 성직자들은 우리를 하늘과 화해시키는 일에 전념해야 하오. 아내들에게 위안을 주어야 하며, 또한 우리의 노년에 위안을 주어야 하오. 지상의 권력에 대해선 양보해야 하오." 나폴레옹은 이런 말을 쏟아내곤 했다.

　빅토르 위고가 왕정주의자로 태어나, 왕정주의자로 글을 쓰
고, 왕정주의 정치를 하다가, 어느 날 공화주의자, 나아가 좌파
로 기운 것은 그가 존경한 나폴레옹 1세와 무관하지 않아 보인
다. "이데올로기가 국가를 번영시키는 것은 아니오." 나폴레옹의
철학, 그것은 '색깔'이 아닌 '옳고 그름'이었다. '푸른 당인가? 붉
은 당인가?'가 아니었다. '옳은가? 그른가?'였다. 신앙에 관하여
도 마찬가지였으니, 구교와 신교, 교파는 중요하지 않았다. '옳
은가? 그른가?'만이 전부였으니.

　워털루, 백일천하로 나폴레옹도 그의 세상을 바꾸는 모험에
마침표를 찍었다. 1841년 6월 2일, 빅토르 위고는 아카데미 프랑
세즈 회원 당선 수락 연설에서 그를 이렇게 선양했다.

"이 세기가 시작될 무렵 프랑스는 다른 국가들의 시선을 한 몸에 받
았소. 한 인물이 당시 프랑스를 가득 채웠고, 프랑스를 위대한 나라
로 만들어, 프랑스는 유럽을 가득 채웠소. 세상에 나온 이 사람은, 어
느 가난하고 선량한 코르시카 사람의 아들로서 두 공화국을 세웠습
니다. 그의 가족을 통해 폴로랑스 공화국을 세우고, 자신의 힘으로
프랑스 공화국을 세운 그는 짧은 기간 세계 역사를 깜짝 놀라게 했

소. 혁명이 그를 낳았고 민중은 그를 선택했소. 교황이 그에게 왕관을 씌운 것이오… 그는 4천4백만 프랑스인들의 군주이며 1억 유럽인들의 수호자요. 그는 참으로 경이로운 인물이오…만인이 나폴레옹 앞에 무릎을 꿇었소."

빅토르 위고에게 나폴레옹은 '신의 섭리를 받은 인간'이었다. 나폴레옹의 번뜩이는 연설은 분명 장차 위고가 명 연설가가 되는 후광이 되었으리라. "나는 어떠한 당파에도 속하지 않았소. 오직 프랑스 국민이라는 거대한 당에 속해 있소. 도당은 지긋지긋하오. 그리고 어느 당파에 속해 있건 온 국민을 후대하시오. 전 국민의 공통 감정인 조국애로 그들을 통합하시오. 사람을 판단할 때는 경솔하고 근거 없는 당파적 비난을 버리고 그의 성실과 능력을 보시오.… 증오심을 버리시오. 가톨릭교도들도 민중이니 자신의 교리에 따라 평화롭게 신앙생활을 할 수 있도록 하시오."

나폴레옹, 엘바 섬 유배의 시절에도 그는 위고의 '영웅'이었다. "당신은 예수 그리스도를 믿습니까?" "네. 그리고 나폴레옹 보나파르트, 그도 봄이 되면 제비꽃과 더불어 우리를 찾아올 것이오." 그리고 곧 나폴레옹의 귀환을 알리는 전보가 쏟아졌으니…

나폴레옹, 위고가 그를 추앙한 것이 그의 넘치는 입담만은 아니었다. 실제로 1789년, 세상을 바꾼 대혁명의 전설을 자신의 통치에 반영한 나폴레옹의 전설에 대한 믿음이 있었다. 사실 대혁명은 오직 '인간의 평등'에 대한 열망의 결과였다. '특권'을 단시일 내에 없애 버렸다. 귀족들을 위한 세금 면제와 특권의 직업 분배를 말소했다. 교회의 특권은 더욱 가열 차게 말소해갔다. 재산과 정치권력을 향유해 온 국가와 교회의 세속화를 통해 민중의 평등한 삶을 향상시키고자 했다. 그는 프랑스 인은 자유보다는 평등을, 평등보다는 영예를 존중한다고 믿은 사람이었다.

나폴레옹 3세|1808-1873

그는 프랑스 초대 대통령이자 마지막 황제인 나폴레옹 1세의 조카였다. 샤를르 루이 나폴레옹 보나파르트, 그를 향한 빅토르 위고의 저항은 숙명이었다. 1851년 12월 2일 밤, 루이 나폴레옹 보나파르트는 쿠데타를 일으켰다. 국회를 강제 해산 시키고 중앙집권의 독재 권력을 휘둘렀다. 위고의 아들 프랑수아 빅토르와 폴 뫼리스, 그리고 오귀스트 바크리, 민중 잡지 「레벤느망」 발행인들을 감옥에 처 넣었다. 위고는 교도소를 드나들며 강력히 저항했다. 쿠데타가 공화정의 꿈을 말살했다.

빅토르 위고는 군대에 쫓겨 프랑스를 떠나 벨기에로 갔다. 1851년 12월 11일 목요일, 그는 어느 음악가의 이름을 빌려 북역을 거쳐 파리를 떠났다. "나이 48세, 키 170센티, 회색 머리칼, 갈색 눈썹과 눈동자, 회색 수염, 둥근 얼굴, 통통한 볼"이라고 쓰인 현상수배 전단이 곳곳에 뿌려졌다. 그는 도주했다. 마치 장발장처럼 신출귀몰하게. 모르긴 해도 위고의 외로운 탈출을 반긴 이는 정부 쥘리에트 뿐이었으리라.

망명이 시작되었다. 브뤼셀에 도착하기가 무섭게 저항 작가 위고는 글을 쓰기 시작했다. 불의를 향한 저항을 어떻게든 증언을 남겨두어야 한다는 중압감이 몰려왔다. 그는 프랑스의 양심이 되어야 했다. '청동의 현위고가 "나의 리라에 청동의 현을 덧대리라"라고 한 말에서 인용을 울리기로 결심했다. 그는 50세, 1852년, '불의 도화선'이 될 글을 썼다. 『꼬마 나폴레옹』이었다. 루이 나폴레옹을 향한 분노는 폭발적이었다. 예언자적 저주와 영국의 풍자 작가 스위프트 풍의 소름 돋는 유머를 담았다. 이 책으로 인해 온 가족이 위험했다. 그는 도버해협을 건너 영국령 저지 섬으로 도피했다. 며칠 후 저지 섬에서 가족과 상봉한 위고는 『꼬마 나폴레옹』에 집중했다. 책은 프랑스로 밀반입되어 열광적인 반응을 얻었다. 밀반입의 풍경은 그야말로 한 편의 영화 같았다. 어떤 이들은 자기 옷 속에, 어떤 이들은 나폴레옹 3세의 흉상 안에 숨겨 날랐다. 그리고 이듬해, 비분강개한 감정을 담은 6천행의 대풍자시,『징벌』을 출간했다.

　루이 나폴레옹 보나파르트는 청년 시절에 자유주의자였다. 공화주의 비밀결사대에 가입하기도 했다. 일찍이 그는 벤저민 디즈레일리 같은 런던 상층계급의 인사들과 교류했다. 그들의 후원을 받기도 했다. 그는 오만한 말을 해댔다. "때로 국운을 떠맡는, 천의를 받은 자가 창조된다. 내가 그런 사람이다." 대통령에 선출되었을 때 공화정에 충실하겠다고 서약했다. 그는 개헌을 요구했다. 독재 연임을 결정한 것이다. 국회의원 위고는 재앙을 예견했다. 그는 외쳤다.

　"이 무슨 일이오! 황제를 거치고 났는데 또 황제라니! 대체 무슨 말이오! 우리가 위대한 나폴레옹을 겪었으니 꼬마 나폴레옹도 겪어야 한다는 거요! 이제 이 독재자가 분주히 움직이오. 그에게 정의를 돌려줍시다. 그는 분주히 움직이며, 미쳐 날뛰고, 온갖 것을 건드리고, 이런저런 계획들을 좇아 달리지만 무엇 하나 창조해내는 것 없이 포고하고 있소. 자신의 무능함을 감추려고 기를 쓰오. 쉬지 않고 움직이지만, 딱하게도 헛도는 바퀴일 뿐이오." 그는 민중을 호출하여 일으켜 세웠다.

깨어나라, 치욕은 이제 끝났다!
포탄과 총탄에 용감히 맞서라!
마침내 파도가 일 때가 되었다
시민들이여, 치욕은 이제 끝났다!

위고는 고난에 맞서 홀로 미래를 향해 몸을 돌린 선지자를 자처했다.

나는 모진 유배를 받아들인다
기한도 끝도 없을지라도
굳세리라 믿었던 누군가가 굴복했는지
머물러야 마땅한 여러 사람이 떠나갔는지
이젠 나와 함께 하는 이가 천 명뿐인지 아니면
백 명뿐인지 알려고 하지 않고 생각조차 하지 않고
나는 여전히 스킬라에 맞선다
열 명만 남는다면 내가 그 열 번 째 사람이 될 것이고
한 명만 남는다면 내가 그 한 명이 될 것이다!

나폴레옹 3세는 개헌에 필요한 지지를 획득하는 데 실패했다. 결국 1851년 12월 2일 새벽, 아우스테를리츠 전투 승전일이자 나폴레옹 1세 즉위일, 그는 쿠데타를 일으켰다. 의회를 해산하고 신헌법을 공포했다. 빅토르 위고를 포함한 공화주의자들과 사회주의자들이 저항했다. 수백 명이 죽었다. 위고는 군인들을 향하여 힘차게 연설했다.

"한 남자가 의회를 무너뜨렸소. 그는 스스로 국민과의 서약을 깨고 법을 무시했습니다. 권리를 억압하고 파리를 피로 물들이고 있습니다. 프랑스를 속박하고 공화국을 배신했소. 저 불행한 자를 더 이상 따르지 마시오. 프랑스군은 그와 같은 범죄의 공모자가 아닌 응징자가 되어야 하오. 저 범죄자를 법에 인도하시오. 저 자는 가짜 나폴레옹이오. 부디 제군들의 눈을 프랑스 군의 참된 임무로 돌리시오. 나라를 보호하고, 혁명을 전파하고, 민중들을 풀어주고, 민족을 옹호하고, 대륙을 해방하고, 가는 곳마다 족쇄를 끊어버리고, 권리를 지키는 것, 그것이 유럽 군대 가운데서도 제군들이 해야 할 일이오."

그는 필봉을 휘둘렀다.

주여, 당신의 오른손은 참으로 무서우니
당신은 무적의 주인, 승리의 남자로 시작하시고
그리고 마침내 납골당을 완성하셨으니

[…]

기나긴 밤이여! 영원한 혼돈이여!

하늘에는 쪽빛 한구석 없으며

인간과 사물은 뒤범벅되어

어두운 심연을 굴러 가나이다

모든 것은 파도 아래 흘러가고

요람의 왕들이여, 세상의 주군들이여

대머리 이마와 금발 머리

위대한 꼬마 나폴레옹이여!

무조건, 경멸로 그를 제압해야 했다. 그는 증언했다. 목소리 조차 못내는 '덜덜 떠는' 군중들도 모두 자신을 지지하고 있음을 알았다. 그는 장내를 강타했다. "지금 혁명 40년이 가져다 준 권리와 신분을 정부가 야금야금, 몽땅 앗아가고 있소이다. 위대했던 지난날의 프랑스는 찌질한 프랑스가 되었소. 그가 원하는 것은 오직 종신 집정제이오. 나는 진실의 남자, 민중의 남자, 양심의 남자가 되길 원하니…"

그는 끊임없이 펜으로 맞장을 떴다.

아니오, 당신은 위대하고 성스러운 공화국이 아니오!

오 곁눈질하는, 삐딱한 모습의 유령이여

당신은 우리 깃발에 경의를 표하지 않았다오

민중에겐 일터를 국가엔 휴식을 주지도 않았소

당신은 가련한 사람들의 권리를 인정하지 않았소

당신은 그들의 고귀한 불행에 다가가는 것을 몰랐소!

그는 외쳤다. "대인 나폴레옹이 있었으니 소인 나폴레옹도 있는 법이오. 공화국 만세를 외칩시다. 무기를 들라는 발표도 해야 하오. 만일 그들이 우리를 쏘려 한다면 말이오. 한 손에는 정의를, 한 손에는 총을 들고, 보나파르트와 싸웁시다!"

겁에 질린 얼굴로 사람이 다가왔다. "당신을 쏘려고 합니다." 위고는 목청을 높였다. "여러분이 내 시신을 본다면, 내 죽음으로 하느님의 정의가 실현된다면, 그것은 매우 멋진 일이 될 것이오!" 군중이 외쳤다. "빅토르 위고 만세!" 그는 화답했다. "공화국 만세! 프랑스 만세! 루이 나폴레옹은 배신자. 그는 헌법을 유린한 자, 법 위에 군림하는 자요. 민중은 영원히 보통 선거권을 소유하고 있소. 그것을 빼앗는 군주는 필요치 않소. 반역자는 타도해야 하오! 민중이여! 의무를 다합시다. 공화당 대표들이 앞장서 행진할 것이오. 공화국 만세! 쿠데타 세력이 나를 잡아간다면 나는 홀로 총살을 당하리라!"

그리고 위고는 추방이 되었다. "나는 이제 하느님의 뜻으로 프랑스 밖에 있는 것이오. 나는 권리를 침해받은 것이오. 양심의 평화는 무너졌소. 하지만 민중은 언젠가 반드시 깨어날 것이오. 그날이 오면, 나는 내 집에 있겠고 루이 나폴레옹은 약을 먹고 있을 것이오. 총검으로 안 되는 일은 없을 터이지만 그 총검 위에 앉지는 못할 것이오."

시간은 흘러갔다. 1859년 나폴레옹 3세는 자신의 권력을 확신했다. 그리고 대 사면령을 단행했다. "빅토르 위고 선생, 고생 많았소. 이제 고국에 돌아오시오. 루이 블랑과 함께 오시오." 위고는 짧게 응수했다. "생각 없소. 끝까지 이 아름다운 건지섬에서 이 삶을 살 터이니. 자유가 돌아오는 날, 그 때 나도 돌아갈 것이오." 황제와 제2제정은 1860년부터 몰락의 길을 걷기 시작했다. 과도한 성생활에 지친 황제, 통증이 심한 방광염으로 고생하던 나폴레옹 3세는 1873년 1월 9일 사망했다. 그리고 묘지로 향해 가던 그의 관을 기억하는 이는 몇 없었다. 그리고 후일, 가난한 민중의 영구차에 누운 빅토르 위고, 그의 곁에는 파리 시민 200만이 뒤따랐다.

쥘리에트 Juliette 4

"오늘 저녁 K 부인 집으로 저를 데리러 오세요! 그때까지 참았다가 당신을 사랑할래요. 이따 저녁에 뵈어요. 아! 오늘 저녁은 정말 특별한 날이 될 거예요! 오늘 저는 당신에게 제 모든 걸 드리겠어요." 그녀는 쥘리에트 드루에Juliette Drouet였다. 1832년 5월 어느날 밤, 무도회에서 만난 그녀가 너무나 아름다워 위고는 정신을 잃을 정도였다. 훗날 노트에 이렇게 적었다. "그대의 눈길이 처음 나에게 머물렀을 때, 그것은 새벽 별빛이 폐허를 내리비추듯 내 가슴 깊숙이 비치는 듯했다."

1833년, 빅토르 위고는 포르트 생마르탱 극장에서 새로운 작품 「루크레스 보르지아」를 연습 중이었다. 그때 운명의 여배우 쥘리에트 드루에를 만났다. 당시 스물여섯 살이던 그녀는 그에

---

4 『빅토르 위고』 전반에 걸쳐 등장하는 쥘리에트(Juliette Drouet)는 실제로 위고가 평생 열렬히 사랑했던 정부였으며, 그녀만큼 위고의 삶 그리고 창작에 영향을 준 인물을 찾기 어려워 보인다.

게 존경과 호소의 눈길을 보냈다. 위고는 그녀의 텔레파시를 느꼈다. 하지만 한참이나 애만 태웠다. 그리고 마침내 사랑에 굴복했다. 자기에게 버티는 남자들을 거의 보지 못한 쥘리에트는 그의 자제심에 놀랐다.

"오늘 나는 그대 품 안에서 행복으로 태어났소. 앞날은 삶, 뒷날은 사랑이오. 사랑한다는 것은 살아가는 일 그 이상의 것이오."

위고는 그녀에게 단번에 무너졌다. 둘은 연인이 되었다. 그들의 사랑은 처음부터 파도치듯 일렁였다. 초야를 자축하는 위고의 편지는 이랬다.

"믿음, 희망, 기쁨, 삶, 몽상, 느낌, 열망, 한숨, 원함, 능력, 이 모든 말들은 단 한마디로 요약되오. 그것은 사랑이오. 나의 쥘리에트, 마찬가지로, 온갖 하늘의 빛, 태양으로부터 오는 빛, 뭇별들로부터 오는 빛, 밤의 빛은 모두 태양의 빛만큼이나 그대의 두 눈 안에 녹아 있소.… 사랑하오. 절절히 사랑하오. 그대를 생각하면 내 속을 휘젓는 그 무엇이 있소. 마치 우리 아이들을 생각할 때와 같이 말이오. 가엾은 영혼! 희망을! 그대는 그대 자신에 맞선 운명을 지니고 있소, 그대를 위한, 사랑. 그대의 예쁜 두 발과 커다란 두 눈에 입을 맞추오.

빅토르."

쥘리에트는 빚더미에 쌓인 불쌍한 여자였다. 빚은 무려 2만 프랑의 거액이었다. 위고는 이 말을 들었을 때 사랑의 감정에도 불구하고 미친 듯 화가 났다. 그리고는 곧 마음을 먹는다. "내가 갚아가야 할 일이군." 참을 수 없는 그녀의 교태에 빠진 뒤였다.

쥘리에트가 방 안에서 그를 꼭 끌어안았다. 그는 그녀의 두 발에 애무했다. 그녀의 두 눈에서 사랑 그리고 그녀가 바치는 온몸의 헌시를 읽었을 때, 둘은 확신했다. 오직 죽음만이 둘 사이를 끝내리라는 것을. 쥘리에트는 자신의 임무와 운명을 분명히 아는 여자였다. 불같은 사랑을 바치는 그의 정부, 그리고 위고의 작품을 필사하는 그의 평생 비서!

그들의 관계는 곧 누구나 아는 사실이 되었다. 하지만 아내 아델은 상처받지 않았다. 그녀에게는 생트-뵈브가 있었기에. 게다가 위고는 자신을 절대 버리지 않을 것을 확신하고 있었다. 두 사람의 사랑은 50년을 갔다. 1883년 쥘리에트가 사망할 때까지.

위고는 쥘리에트와 평생 뜨거웠다. 세상의 비난에도 불구하고. 그녀의 몸은 그의 창작의 에너지였다. 그녀의 헌신은 그가 죽는 순간까지 삶의 원동력이었다. 그는 리비도를 통한 극치의 행복을 숨김없이 표현했다. "사랑한다는 것이 무슨 뜻인지, 내 몸과 그녀의 몸을 고음으로, 저음으로 하모니의 공명을 울린다는 것이 무슨 뜻인지 알았다. 시간을 망각하고 환희 이외의 모든 것을 잊는 것. 그리고 일치, 관능의 일치뿐만 아니라 영혼의 일치이기도 했다. 그녀는 언제나 숫처녀의 순결을 고스란히 지니고 있었다. 나 자신도 항상 숫총각 같았다. 아델과 함께 지낸 시간은 어둡고 밋밋한 딴 세계 같이 느껴졌다. 시나브로 나만의 빛과 맛의 불꽃을 발견한 것 같았다."

쥘리에트는 위고의 평생 분신이 되기로 결심했다. 몸과 마음, 아니 영혼을 바치기로 했다. 위고가 글을 통해 그리고 행동으로 사회의 악과 불의의 권력에 맞설 때 쥘리에트는 온몸으로 그의 전사가 되어 주었다. "나는 잡히지도, 총에 맞지 않았다. 내가 이 시간에 살아있는 것이 쥘리에트 드루에게 빚진 거야. 그녀는 자유와 생명의 위험을 무릅쓰고 모든 것으로부터 나를 보호해주었다. 쉬지 않고 나를 보살펴주고, 내게 확실한 피난처를 제공해 주고 결국 나를 구해 주었다.… 그녀는 밤이나 낮이나 서 있었고, 어둠 속 홀로 파리의 거리를 헤매고, 보초를 속이고, 첩자를 추적하고, 총탄이 날아다니는 가로수 길을 대담하게 지나가고, 나를 구해야 할 때에는 내가 있는 곳을 예견하여 찾아냈었지. 하느님께서는 모두 아시니 그녀에 대한 보상을 해주시리라!" 위고는 말했다. 실제로 그녀는 위고가 살해 위협을 받고 도피의 삶을 살 때마다 트렁크에 그의 원고를 가득 넣어 옮겨 주었다. 위고의 분신과도 같은 원고들은 쥘리에트 덕에 잃지 않았다.

1851년 12월 3일, 바리케이드가 쳐졌다. 보댕은 "여러분은 지금 돈 25프랑 때문에 한 사나이가 죽을 수 있다는 것을 보고 있소."라고 외치며 죽었다.

그날 쥘리에트는 종일 위고 뒤를 따라다니다가 바스티유에 이르러 목울대를 높여 연설하는 위고의 팔에 매달렸다. "이러다가는 저들이 당신도 쏴 죽일 거예요."

결정적인 날은 12월 4일이었다. 대학살이 시작되었다. 자유주의자들에 대한 무자비한 탄압이었다. 그날 파리에서만 400명이 죽었다. 선혈이 길을 덮었다. 쥘리에트는 끝까지 위고를 따라다녔다. 흰머리가 나기 시작했으나 여전히 아름다웠던 그녀는 남편을 살릴 일이라면 언제라도 행동할 준비가 되어있던 쥘리에트, 그녀의 가슴 속에는 애처롭고 숭고한 무언가가 있었다. 총탄이 비처럼 쏟아지는 가운데 그녀는 위고를 잃어버리고 찾고, 잃어버리고 찾곤 했다.

"사랑하는 이여, 12월 2일의 악명 높은 함정이 당신에게 영감을 주는 것을 보았어요. 이 엄청난 범죄가 당신에게는 더 큰 영광이, 민중에게 더 큰 교훈을 주기 위해 저질러진 것 같아요. 숭고한 나의 빅토르, 기적적으로 당신을 구원하신 하느님께 감사하지 않을 도리가 없어요. 단 1분도 당신을 존경하지 않는 시간은 없어요. 당신 얼굴을 다시 보다니… 군인들에게 대들고 그들을 놀라게 하고, 장군들을 겁박하던 당신 … 당신이 사람이 아니라 가장 고통스러운 분노에 사로잡힌 이 나라 천사였어요. 생각하면 아직도 덜덜 떨려요."

그녀는 또 말했다.

"당신의 탄생은 그리스도의 탄생만큼이나 빛나고 유용하며 만족스러워요. 이제까지는 예수로부터 시작되었듯이, 이제부터는 빅토르 위고로부터 시작될 거예요. 당신의 발에 입을 맞추고 싶어요. 당신을 숭배해요." 위고도 답했다. "당신의 밤이 나의 밤처럼 편안하기를. 나 역시 당신의 발에 입 맞추오. 사랑하는 당신. 축복하오. 나의 사랑, 나의 천사여."

1851년 12월 11일, 위고는 벨기에 브뤼셀로 추방되었다. 쥘리에트는 목숨을 걸고 합류했다. 3일 후였다. 그녀는 자기보다 큰 트렁크에다 원고 뭉치를 가득 담아 들고 왔다. 그녀는 정부였다. 버젓이 둘이 살 수는 없었다. 인근에 방을 얻었다. 그리고는 그의 집필을 돕기 시작했다. 원고는 산더미처럼 쌓여갔다.

망명 생활 중 위고는 쥘리에트의 숭고한 헌신을 기록했다. "만일 내가 잡혔다면 1851년 12월에 총으로 사살되었을 것이다. 내가 산 것은 순전히, 자신의 자유를 포기하고, 목숨을 걸고 모든 함정에서 나를 보호한, 지칠 줄 모르며 보살펴 준, 피난처를 찾아준 쥘리에트 드루에 덕분이다. 그녀에 대한 영장이 발부되었다. 그리고 그녀는 대가를 톡톡히 치르고 있다." 후에 또 이렇게 썼다. "쥘리에트 드루에는 나에게 모든 것을 바쳤다. 오! 악몽의 날들이여!"

위고가 『레미제라블』을 쓸 때 쥘리에트는 밤을 끝없이 지새우며 필사했다. 마침내 소설을 끝낼 때쯤 그는 쥘리에트에게 말했다. "당신의 축제는 곧 나의 축제요. 축제는 이 책을 배달하는 것과 동시에 시작되오. 내일은 원고의 마지막 부분을 보낼 것이오. 내일 나는 자유의 영혼이 되오. 마침내 『레미제라블』에서 벗어난다오. 이것이 바로 당신에게 바치는 꽃다발이오."

쥘리에트의 화답은 늘 그랬다.

"저의 보잘 것 없는 과거를 가장 영광스러운 날로, 그리고 『레미제라블』로 이어 주셔서 고마워요… 인류의 한복판을 여행하며 먼지 가득 묻은 당신의 귀한두 발에 입 맞출게요. 또한 당신의 신성한 아우라를 미처 보지 못한 저의 두 눈이 부끄러워요. 이렇게 무릎을 꿇을게요."

쥘리에트, 위고에게 그녀는 창작의 에너지였다.

"이 용감한 장 트레장의 가혹한 모든 고통이 느껴져요. 이 불쌍한 순교자의 운명에 저도 모르게 눈물이 나요… 무어라 정확히는 말할 수 없지만. 저의 모든 지식과 마음과 영혼은 당신이 『레미제라블』이라고 부르는 이 숭고한 책에 푹 빠졌어요. 나는 확신해요, 이 책을 읽는 모든 이들은 문학적 평가와는 별도로, 저와 똑같이 느낄 거예요." 그녀는 혼잣말을 했다. "『레미제라블』이 독자들의 가슴을 얼마나 요동치게 할까? 생각만 해도 가슴이 벅차오르고 손이 떨렸다. 나는 이 책이 대중에게 공개될 때 온 마음을 휘어잡을 수 있는 모든 숭배와 존경과 온갖 각광을 맞아들이는 눈과 귀와 영혼이 되고 싶다."

위고는 쥘리에트의 성화에 못 이겨 짧은 산책을 하곤 했다. 위고를 챙기는 그녀는 때때로 어머니 같았다.

"저는 당신이 저세상에 가서도 산책하지 않을까 봐 두려워요. 당신이 휴식을 취하는 것은 모두를 위한 일이에요."

1883년 5월 11일, 그녀는 세상을 떠났다. 그는 울음도 나오지 않았다. 삶이 멈춘 듯했다. 50년! 오직 그를 위해 빛나기를 원했던 '항성'. 이제 그녀 없는 삶이란… 그는 생-망데까지 영구차를 따라가고자 했다. '용감한 여성' 쥘리에트를 위한 조사를 맡은 알리스 록로이가 너무 지친 그를 붙잡았다. 그는 장례 행렬이 사라지는 것을 다만 지켜볼 뿐이었다. "곧 당신과 천국에서 합류할 것이오. 잘 가오, 내 사랑하는 쥘리에트."

위고, 그는 뜨거운 낭만주의의 글꾼 그리고 진보 정치가의 삶을 살았다. 보수에서 진보로의 변신 이후, 빅토르 위고는 쥘리에트의 헌신에 힘입어 '민중 소설' 『레미제라블』을 완성했다. '리비도'는 분명 그의 문학의 힘이었다. 쥘리에트, 위고는 그녀의 육체를 온전히 사랑했다. 그리고 그의 순결하고 강인한 영혼을 또한 사랑했다. 그녀 역시 위고의 위대한 에스프리를 확인했을 때, 온몸을 바치기로 결심했다. 위고가 위험에 처할 때마다 그의 원고를 트렁크에 담아 도주했다. 때로는 위고의 정적들이 겨누는 총탄을 앞서서 막았다.

쥘리에트, 그녀는 위고의 정부로 시작하여 수호천사로 삶을 마감했다. 낭만주의의 거장 빅토르 위고 곁에 과연 사랑과 정의의 열녀 쥘리에트가 있었다. 위고의 본처 아델이 위고의 문학동지 생트-뵈브와 바람이 난 이후, 위고가 연극에서 만나 운명의 동반자를 삼은 된 쥘리에트. 모두가 슬프고도 아름다운 사랑이려니…

게르느제 Guernesey

1855년 10월 27일, 경찰관이 추방 명령을 알리러 왔을 때 위고는 놀라지 않았다. "우리는 지금 이 순간 역사의 한 페이지를 만들고 있다!"라고 말했다. 트렁크에 가득 찬 원고만 걱정했다. "나머지는 하느님께서 결정하실 것이니까." 추방일은 11월 2일. "추방 마지막 날까지 기다리고 싶지 않다. 내일 떠날 것이다." 라고 말했다.

벨기에에서 영국령 제르제저지섬으로 쫓겨갔다. 권력층을 끊임없이 자극한 이유다. 먼저 그는 사형제도를 반대했다. 그리고 "빅토리아 여왕은 '꼬마 나폴레옹'을 찾아가 그의 뜻에 굴복했다"고 비난했다. 영국 권력층의 심기를 건드렸다. 다시 제르제를 떠나야 했다. 1855년, 도착한 곳은 게르느제건지섬 이였다. 그는 고딕 양식으로 된 오트빌 하우스에 정착 했다. 그리고는 지칠 줄 모르고 글을 썼다. 거기서 『관조』와 『여러 세기의 전설』을 낳았다.

루이 나폴레옹 보나파르트는 추방자들에게 특사를 내렸다. 위고는 거부했다. "자유가 보장되지 않는 한 프랑스로 돌아가는 것은 의미가 없다"였다. "내가 사면이라는 것에 잠시 주의를 기울이리라는 것 외에 나에 관한 한, 아무도 나에게 관심이 없으리라. 프랑스의 현 상황 속에서, 절대적이고, 바꿀 수도 없고, 항구적으로 저항하는 것, 그것이 나의 임무이다. 내가 한 약속에 충실하고, 내 양심에 따라 끝날까지 자유와 함께 할 것이다. 자유가 돌아오는 날 나도 돌아갈 것이다. 빅토르 위고, 1858년 8월 18일 오트빌 하우스."

쓰다만 『레미제라블』 집필에도 다시 몰입했다.

"내일, 당신에게 『여러 세기의 전설』을 잉크와 함께 보낼 것이오. 기억하오? 우리가 그것을 함께 샀었잖소. 게르느제에 도착했을 때, 그것은 뭍에서 가져온 보잘 것 없는 잉크병이었소. 이 편지를 포함해 4년 동안 쓴 모두는 이 잉크병에서 나온 거요. 나는 당신과 함께 잉크를 몽땅 말리고 싶소. 잉크를 거룩하게 만드는 것이오. 그리고 더 이상 그 잉크는 쓰지 않겠소. 당신은 그것을 우리의 유물과 기억 속에 보관하게 될 것이오. 내가 당신에게 마지막으로 건네는 이 잉크는 당신을 위한 마지막 숨, 내 삶과 같은 것이오."

1861년 6월 30일 아침 8시 30분. 창문 너머로 비쳐오는 아침 햇살을 받으며 그는 『레미제라블』을 끝냈다. "이젠 죽어도 미련이 없소." 한 시인에게 편지로 토로했다.

고독한 망명지 게르느제에 있는 동안, 위고는 '레미제라블불쌍한 이들'을 날마다 생각했다. 1주일에 한 번씩 배곯는 아이들에게 저녁을 먹였다. 영국인들은 그의 이런 의로운 일에 함께 했다. 그리고 런던 아이들만 해도 6천 명의 아이들이 따뜻한 혜택을 받았다. 델핀 뒤샤르『빅토르 위고』, 백선희 옮김, 2003에 따르면, 위고는 9개월 동안 77일에 걸쳐 하루 한 끼 혹 두 끼, 때로는 인원이 너무 많아 세 끼를 마련했다. 이 기간 식사를 제공한 양은 모두 5,442인 분. 그중 4,820인 분은 식당에서, 722인 분은 병든 아이들 집을 직접 찾아가 먹였다. 식탁은 아이들에게 큰 희망과 기쁨을 주었다. 당시 이런 일은 극히 드문 행동이었다. 빅토르 위고, 그는 권력을 쥔 자들에게는 서슬 퍼런 글을 쓰며 표독한 말을 멈추지 않았지만, 힘없는 민중에게는 연민, 또 연민이었다.

하루는 쥘리에트가 파리에 있는 위고의 아내 아델로부터 온 편지를 내밀었다. 성탄 3일 전, '가난한 아이들'이 점심을 먹는 날이었다.

"성탄을 축하해요, 쥘리에트. 성탄은 아이들의 축제지요. 결국 우리의 축제예요. 잔잔한 엄숙함 속에서 마음의 축제를 누리며 은총을 받기 바래요. 애정과 품위를 담아, 아델 빅토르 위고 씀." 쥘리에트는 몹시 당황했다. 그리고 자신의 답장을 보여주었다. "부인, 축제, 당신은 저에게 그것을 보내셨군요. 부인의 편지를 받으니 너무 기뻐요. 감동했어요. 부인은요, 저의 일상이나 고독감을 잘 아실 거예요. 하지만 오늘만큼은 부인 편지를 받고 얼마나 행복한지 몰라요. 저를 너무 미워하진 마세요. 부드럽고 깊은 애정을 보냅니다. 쥘리에트 드루에 씀."

위고는 쥘리에트를 얼싸안았다. 그리고 아내 아델에게는 이렇게 답장을 했다. "당신에게 내 영혼을 보내오. 당신은 큰절을 받을 만큼 훌륭한 사람이오." 봉투에는 이렇게만 적었다. "나의 부인을 위해." 그리고 위고는 쥘리에트와 팔짱을 끼고 나가 '우리의 작은 고향'이라고 부르는 섬 게르느제, 바람찬 들판을 걸었다. 그리고 검은 빛으로 낮게 깔린 하늘을 보았다. "사랑만이 세상을 정당화하고, 죽음에 가까워지는 것은 영혼을 위대하게 하는 것이니."

1868년 8월 8월 27일, 아내 아델이 숨을 거두었다. 아침 6시 30분이었다. 위고는 두 눈을 감았다. 그녀는 죽기 전에 잠깐 그의 손을 꼭 쥐었다. 잠시 그를 알아보는 것 같았다. 그는 말했다. "주님, 부드럽고 위대한 영혼을 받아주소서. 그녀를 주께 돌려 드리오니 축복하소서!"

그리고 어느 날, 쥘리에트는 그에게 편지를 썼다.

"제 영혼은 성장하여 두 배로 커진 듯해요. 제 영혼과 돌아가신 당신 아내의 영혼을 합하여 당신을 사랑해요. 이 세상에서 당신 삶의 고결한 증인이었던 그분에게 간구합니다. 천국의 주님 앞에서 당신이 저의 사람이 되기를 원해요. 제가 이 세상에서 그리고 다음 세상에서도 당신을 사랑할 수 있도록 그분에게 허락을 구하오니. 그리고 아델에 대한 소중한 기억이 사람들 사이에서 영원히 빛나길! 그녀가 제 안에서도 그랬듯이 말이에요."

위고는 게르느제에서 죽고 싶지 않았다. 더구나 아직은 죽고 싶지 않았다. 끝내야 할 책이 있었다. 위고는 중얼거렸다. "내 눈에 작가란 일종의 신비한 임무를 가진 사람이다. 책을 쓴다는 것은 의무를 다하는 것." 그는 절뚝거리며 창가로 가서 수평선을 바라보았다.

세월은 흘러 파리로 돌아왔다. 그리고 게르느제에서 했던 것처럼 마을에서 가장 가난한 100명 아이를 모아, 똑같은 식으로

음식을 제공했다. 그리고 추첨을 통하여 복권을 주었고, 20센트에서 100프랑의 돈도 나누어 주었다. 어느 날 그는 아이들 머리 위에 그의 늙은 손을 얹었다. 깔깔 웃는 아이들 웃음소리를 들었다. 그는 혼잣말했다. "양심이 충족하고 마음이 흡족할 때 완전히 불행할 수는 없지."

하지만 그러지 못했다. 그는 자신의 모든 세월을 삼킨, 그가 사랑했던 모든 이들이 사라져 버린 거대한 공허를 느꼈다. 게르느제가 눈앞에 펼쳐졌다. "이제 이 세상 자리를 비울 시간이야."

하느님 Le Dieu

빅토르 위고는 세례를 받지 않았다. 영성체도 하지 않았고, 교리문답 교육에도 참석하지 않았고, 미사에 참석하는 것도 좋아하지 않았다. 그러나 마음속 깊이 하느님을 믿었다. 그는 말했다. "믿는 것은 어려운 일이지만 믿지 않는 것은 불가능하다." 아주 어린 시절부터 그랬다. 젊은 시인이던 시절, 그는 『기독교의 정수』의 저자 샤토브리앙의 발자취 안에 자리 잡고, 스스로 가톨릭 왕정주의자라 선언하였다.

그러나 그의 하느님은 가톨릭 종교에만 한정되지 않는다. 위고는 자신을 자유사상가로 규정했다. 그리고 고통스러운 일들을 겪고도 험한 세월과 더불어 강해졌다. 그는 창조주가 부여하는 임무를 자신의 창작에 투여한다. 그에게 글쓰기는 '영혼의 감동을 통해 하느님의 메시지를 전하는 일종의 구원 행위'였다. 그의 임무는 '휴머니즘의 성서'를 구상하는 것이다.

나, 나는 나를 앞서 간다. 어디에서든 그분과 함께
어디에서든 하느님의 집에 있다는 생각을 하는 시인

그는 사랑 안에서 하느님을 보기 원했다. "그대에게서 하느님을 보오. 그대 안의 하느님을 사랑하오. 당신 외에 다른 어떤 것도 볼 수 없고 사랑할 수 없는 까닭이오.… 천사를 숭배하는 것이 하느님께 죄가 되진 않소. 천사를 열애하는 것이 하느님을 모독하는 것은 아니오."

그는 홀로 하느님을 마주하기를 원했다. "나는 믿노니. 그것이 전부라. 군중의 눈은 약시. 그것은 그의 몫. 교리와 관행은 근시인에게 하늘의 뭇별을 볼 수 있도록 돕는 안경일 뿐. 나, 나는 맨눈으로 하느님을 보노니."

위고의 아버지는 신앙 이야기를 하지 않았다. 그는 "내 어머니 소피는 하느님과 영혼을 믿었다. 그 이상도 그 이하도 아니다."라고 썼다. 그녀 역시 교회에 다닌 적이 없었다. 사제들 때문이었다. 당연히 어느 사제도 위고 부모 레오폴 위고와 소피 트레뷔셰의 결혼을 축복해주지 않았다. 그러니 어린 빅토르에게 세례를 준 이가 없었다.

그는 홀로 하느님께 나아갔다. 숨어계신 하느님을 찾았다.

"심오한 분의 낯은 어떻게 드러나는가", "영원히 살아있는 분의 모습, 그분의 전능과 충만의 현현은 무엇인가?

아리스토텔레스, 일리아드, 오디세이, 성서, 성 오거스틴, 데카르트, 볼테르, 라이프니츠… 그는 어디서나 하느님을 보았다. 인간의 고통과 가난, 그리고 불의의 한 복판, 혁명의 바리케이드에서도 하느님을 보았다.

어린 시절 위고는 샤토브리앙의 『기독교의 정수』를 탐닉했다. 그는 자문했다. "꼭 가톨릭 신자가 되어야 하는가?" 한번은 로앙 신부가 물었다. "고해 신부는 있는가?" "없습니다." "꼭 있어야 하네." 훗날 위고는 이렇게 썼다. "믿음은 오직 나의 직관으로부터!" 이런 말도 했다. "믿음, 그것은 홀로 내리는 이성의 닻이다."

위대하신 하느님, 당신은 누구시옵니까?
가혹한 당신의 숨결은 어디에서 오는 것이지요?
그리고 무덤 열쇠를 쥔, 보이지 않는 손은 대체 무슨 손인지요?

위고는 보이지 않는 하느님을 찾아 다녔다.

시원 씨눈들

거기서 우리는 누구란 말인가…

우주가 생성되고 해체되는 하늘

이중의 벼랑이 동시에 선포하노니

"무한 광대함이여!" 존재가 이르도다. "영원이여!"

그는 우주에 편재하시는 하느님을 보고자 했다.

하느님은 상수리나무 아래 사람을 숨기셨네

그리고 숭엄한 곳에서의 축성

들판의 침묵과 더불어

산들의 그림자, 하늘의 쪽빛!

위고는 사랑하는 딸 레오폴딘느을 잃었을 때, 극심한 고통 속에서 하느님을 마주했다. 그는 썼다. "불행은 일종의 명료함이니." 이렇게도 썼다. "빛은 고통과 동시에 우리의 내면을 투시한다." 영의 세계로 들어간 딸과의 소통을 멈춘다는 것은 그에게 있을 수 없었다. 고통스러운 망명의 시간, 그는 밤마다 영혼에 불을 켠다. "기도를 잃는다는 것은 불가능하다. 산 자와 영혼의 차이, 그것은 산 자는 눈이 멀고 영혼은 눈으로 본다는 것."

한때 지라르댕 부인의 강신술에 의지해 천국에 간 어린 딸을 만나고자 한 그를 비난할 수 있을까?

"누구시죠?" "영혼 소로로" "행복하니?" "네." "너에게 가려면 어떻게 해야 하지?" "사랑하는 일이에요." "누가 너를 보냈니?" "하느님께서요." "널 사랑하는 이들의 고통을 아니? "지금도 그들과 함께 있니? 그들을 주시하니?" "네." "너를 되돌아오도록 하는 것이 그들에게 달려 있니?" "아뇨." "되돌아올 참이니?" "네." "곧?" "네."

위고는 한동안 신비의 체험 속에 머물렀다. 거의 매일 밤 영이 움직이는 소리를 듣는다. 역사가 앙드레 모루아는 "쓰라린 영혼을 달래던 당시, 위고의 해변 테라스의 방은 싯구를 벼리는 대장간이었다."고 했다. 그는 신앙, 나락, 제국, 시공, 그 위를 자유로이 활강하였다. 단테와 밀턴만이 지녔던 천국의 파노라마를 온전히 소유한 채. 그는 탄탄한 영감을 회복하고 광명의 하느님을 노래했다.

휘저어 도는 푸른 하늘 위
태양의 병거가 가네, 오고가는구나
고요하고 영원하며 완전한 하늘이여

거기 하느님이 살고 계시니

[…]

하느님은 단 하나의 낯을 가지고 계시니

빛 그리고 단 하나의 이름, 사랑!

위고는 교회 밖에서 하느님을 만났다.

눈 앞의 공기와 물결은 이중의 심연을 열고

[…]

바람은 천 가지 얼굴로 달리는 파도를 쫓고

넘실거리는 파랑은 그림자를 드리우며

이 모두 무한하고, 나는 거기서 하느님을 보았으니

　노년에 그는 하느님을 만날 채비를 했다. "나는 죽을 것이다. 하느님을 볼 것이다. 하느님을 보라! 그분에게 말하라! 얼마나 대단한 일인가! 그 분에게 무엇을 말할 것인가? 나는 끊임없이 그것을 생각한다. 그것을 준비한다." 1883년, 유언을 건넸다. "가난한 이들에게 5만 프랑을 기부한다. 그들의 영구차로 묘지까지 가기를 원한다. 모든 교회의 기도를 거절한다. 모든 영혼들에게 기도를 부탁한다. 나는 하느님을 믿는다."

빅토르 위고를 기독교적 낭만주의로 분류하기도 한다. 가톨릭 사제 샤토브리앙과 라마르틴느의 영향을 받은 것은 사실이다. 선과 악, 도덕의 인식, 양심 등 하느님의 의지 속에서 글을 썼다.

그분은 존재하시네, 보라 영혼이여, 그가 극점을 가지고 계시네, 그것이 양심이라네
그분은 지축을 가지고 계시네, 그것이 정의라네
그분은 분점을 가지고 계시네, 그것이 평등이라네
그분은 거대한 여명을 가지고 계시네, 그것이 자유라네

위고는 "하느님은 하느님 자신을 감추어주는 모든 것 속에서 모습을 드러낸다."고 했다.

정신이여, 그대 일을 계속하라. 인간이여, 그대의 일을 하라
저 너머까지 가진 말아라. 하느님을 찾으라. 하지만 네 자리를 지키라
사랑 안에서 그 분을 보기 위하여, 두려움 속에서가 아닌.

"하느님은 숨고 사람은 찾는 존재이다." 하느님은 하느님을

찾는 자로 하여금 마침내 찾아내기를 원한다. 위고의 신앙은
하느님, '그 빛을 향하여 나아가는 발걸음'이었다.

> 나는 가리라, 슬픔에 잠겨, 호기심에 가득 차
> 나는 집요한 의지를 지니고 있으니
> 배신자인 수수께끼가 으르렁거려도 소용없으니
> 이 짙은 안개 속에서
> 이 거친 황혼 속에서
> 바라보는 얼굴이 되리라.

"보이지 않는 분"을 믿는 위고, 그는 언제나 하느님께 준비된
자였다.

> 이 어지러운 시대에
> 어두운 대양에서,
> 사람은 프로메테우스처럼
> 아듬처럼 행동해야 하느니
> 그는 준엄한 하늘에서
> 영원한 불을 훔쳐야 하고
> 그의 영원한 신비를 정복하고

하느님을 훔쳐야 하리니

[…]

이 땅에서의 우리의 운명의 법칙을

하느님은 글로 쓴다

그리고 그 법칙들이 신비라면

나는 에스프리이니

그 어느 것도 나를 막지 못하리

나는 걸어가는 자

영혼이 언제나 여호와께 준비된 자

[…]

나는 그 위대한 성서 속으로 들어 가리니

별거 벗은 채 들어 가리라

미지의 것의

그 끔찍한 동굴 속까지

위고의 삶이 뒤집어진 것은 루이 보나파르트 나폴레옹 3세가 독재 개헌을 결정한 때였다. 그는 민중을 선동했다. "그는 반란자요. 싸워야 하오. 한 손에는 정의를, 한 손에는 총을 들고, 보나파르트와 싸우시오." 총살의 위협이 다가왔을 때 그는 말했다. "여러분이 내 시신을 보게 되고, 내 죽음에서 하느님의 정의가 실현된다면 그것은 매우 멋진 일이 될 것입니다!" 민중이 외쳤다. "빅토르 위고 만세! 공화국 만세!"

그는 위기의 상황에서 분명히 하느님을 찾았다. 평생 교회에 가지 않은 위고는 무신론자 혹은 불가지론자로 몰리기도 했다. 당시 가톨릭 신부들과도 사이가 좋지 않았다. 하지만 그가 쓴 불멸의 작품『레미제라블』을 읽어본 사람이라면 금세 안다. 지상에서의 하느님의 뜻을 위고가 얼마나 바르게 인식하고 있는지를, 또한 '레미제라블가련한 이들'을 위해 온 그리스도를 표현하기 위해 얼마나 고뇌했는지를.

빅토르 위고, 그는 세상을 떠나기 전 유서를 썼다. "교회의 추도사를 사절한다. 모든 영혼들에게 기도를 부탁한다. 나는 하느님을 믿는다. 1883년 빅토르 위고."

맺음말

　왕정주의자로 태어나 낭만주의의 기수가 된 빅토르 위고, 뜨거운 사랑과 폭발적인 감정의 발로가 원천이었던 위고, '바람난' 아내 아델을 뒤에 두고 연극 배우 쥘리에트와 평생을 함께한 위고, 센느강변에서 익사한 딸 레오폴딘느를 그리며 미친 모습으로 살던 위고, 독재자 루이 나폴레옹에 맞서 싸우다 영국 저지섬으로 추방당한 위고, 세 아들들과 아내를 차례로 사별한 위고, 프랑스 최고의 학술원인 아카데미 프랑세즈 회원에 네 번 다섯 번 낙선하고도 끝내 포기하지 않았던 위고, 가톨릭교회의 권력에 맞서 '평등한 하느님의 나라'를 꿈꾸었던 위고, 남녀평등과 노예제 폐지를 부르짖었던 위고, 고통스러운 시절에 기이한 리비도에 집착했던 위고, 소설 『레미제라블』이나 시 『관조』를 비롯해 50여 권의 저작을 남긴 위고…

　프랑스 인들도 말한다. "빅토르 위고만한 사람은 일찍이 없었다. 사통발달의 창작과 앙가주망, 천재와 광기, 메시아적인 사고와 행동." 이렇게도 말한다. "그를 탐구하기 위해서는 그의 철학과 삶을 전방위적으로 보아야만 한다. 광폭의 창작과 불굴의 행동의 원천은 무엇인지에 대해서도 그렇다. 분명한 것은 지난 150 여년 동안 세상에 끼친 위고의 사상과 행동의 영향력은 어마어마해 보인다.

팩션『빅토르 위고』를 쓴 막스 갈로는 시대의 한 '영웅'의 빛과 그림자를 똑같이 보고자 한 작가였다. 인류를 선도한 위인 역시 '소심하고 기이해 보이는' 삶의 구석이 있었음을 알리고 싶었는지도 모른다. 낭만주의 문학은 확실히 우리들의 가슴에 솟아오르는 불꽃을 제공한다. 동시에 데카당스병적인 감수성, 탐미적 경향로 인도할 위험 또한 배제할 수 없지만.

필자는 더욱 몰입할 것 같다. 빅토르 위고의 뜨거운 낭만주의에, 낡은 것을 해체한 에르나니에, 민중에 대한 그의 천착에, 군주 독재와 교회 권력의 엄혹한 시절 더욱 찬란했던 시인의 에스프리에.「별 Stella」시집『징벌』에 나오는 작품 같은 그의 시들에.

그날 밤 나는 모래밭에서 잠을 자다가

시원한 바람에 꿈에서 깨었네

두 눈을 떠 보니

새벽 별이 멀리 하늘가에서

희미하고 아득하게 빛나고 있었다

[...]

나는 시나이를 비추었으며, 테제트를 비추었으니

나는 어두운 한밤중 석궁으로 던지는

황금의 자갈, 신이 던지는 불빛이니

나는 한 세상 무너질 때 새로 태어난 사람

오 국가여, 나는 열렬한 포에지이니

나는 모세를 비추었고 단테를 비추었으니

사자 같은 바다가 나를 사랑하노니

내 거기로 가리라

일어나라, 양심과 용기 또한 신념이여

눈을 뜨라, 빛을 뿜으라, 그대 두 눈동자여

대지여, 밭이랑을 뒤엎어 갈아라

생명이여, 소리를 울려라

잠자는 이여 일어나라

나를 따르는 이, 나를 선두로 보내는 이

천사 같은, 그 이름 자유이니

거대한, 그 이름 바로 광명이니.

부족한 점이 많은 이 책의 집필을 마친다. 팩션 『빅토르 위고』를 읽기 위한 도움서라는 말을 앞에서 했다. 부디 두 권 모두 재미있고 의미 있기를.

참고문헌

『노트르담 드 파리』, 빅토르 위고송면 옮김, 동서문화사, 2019

『노트르담 드 파리』, 박아르마 이찬규 편역, 구름서재, 2022

『레미제라블-신학의 눈으로 읽다』, 이문균, 도서출판 가이드포
    스트, 2014

『레미제라블』, 빅토르 위고송면 옮김, 동서문화사, 2013

『레미제라블』, 빅토르 위고정기수 옮김, 민음사, 2022

『비참함으로부터 탄생한 위대한 벽화, 레미제라블』, 수경, 작은
    길, 2013

『빅토르 위고의 레미제라블』, 김성택, 영남일보, 2021.11.26.

『빅토르 위고』, 막스 갈로박용주 홍순도 옮김, 비공, 2023

『빅토르 위고』, 델핀 뒤샤르백선희 옮김, 동아일보사, 2003

『빅토르 위고와 함께하는 여름』, 기욤 갈리엔, 뮤진트리, 2021

『빅토르 위고, 시대의 우렁찬 메아리』, 이규식, 건국대학교, 1996

『어느 영혼의 기억들』, 한대균, 고려대학교, 2011

『위고의 작품에 나타난 '숨은 신' 연구』, 서정기, 2016

『프랑스 낭만주의』, 필리프 방 티겜정연풍 옮김, 탐구당, 1983

『프랑스 19세기 시』, 도미니크 렝세강성욱 외 옮김, 고려대학교, 2021

『프랑스사』, 앙드레 모루아신용석 옮김, 프랑스사, 김영사, 2022

『프랑스 민중사』, 제라르 누아리엘권희선 옮김, 결, 2019

『프랑스 문학사』, 민희식, 이화여자대학교, 1982

『프랑스 시 개론』, 조규철, 신아사, 2008

『김정택 외, 16가지 성격유형의 특성』, 2007

『우리는 왜 지금 낭만주의를 이야기하는가』, 김진수, 책세상, 2014

『그림자』, 이부영, 한길사, 2010

『분석심리학』, 이부영, 일조각, 2012

『이어령의 마지막 수업』, 김지수, 열림원, 2012

『정신분석으로의 초대』, 이무석, 2008

Adèle Hugo, Victor Hugo raconte par un temoin de sa vie, Flon, 1985

Histoire de France, André Morois, Albin Michel, Paris, 1958

Hugo-Hier, maintenant, demain, Gaston Boudet, 2001, Delagrave

Victor Hugo et Dieu, Célébration du Bicentenaire de la naissance de

Victor Hugo, Alain Decaux, Le 28 février 2022. https://www.
academie-francaise.fr

Victor Hugo: 10 Bonnes Raisons De Lire Ce Génie!, https://www.
francaisavecpierre.com/pourquoi-lire-victor-hugo/, Anthony G

Victor Hugo, Max Gallo, XO, 2017

Victor Hugo, Oeuvre Compètes, Poésie I, II, Robert Laffont, 1985

"정의는 완전무결할 때에만 옳다."

"아무것도 누구도 모방하지 말라.
사자를 따라하는 사자는 원숭이가 되어버린다."

"우주를 사람으로 축소시키고
그 사람을 다시 신으로 확대시키는 것이
바로 사랑이다."

- 빅토르 위고 -